BLICKPUNKT - Text im Unterricht

BL 501

W0236647

Friedbert Stühler

Alfred Döblin
Berlin Alexanderplatz

Wolfgang Koeppen
Tauben im Gras

Der moderne deutsche Großstadtroman

Joachim Beyer Verlag – Hollfeld

ISBN 3-88805-501-8

Druck: Druckhaus Beyer GmbH, Langgasse 25, Hollfeld

INHALT

I. Die geschichtsphilosophische Signatur des Romans

"Wie in den alten Romanen" hieß es einst, wenn man den Gegensatz zum Wahren und zum wirklichen Leben bezeichnen wollte. Die mittelalterliche Romanwelt mit ihren wunderlichen Abenteuer- und Liebesgeschichten geriet zu Beginn der Neuzeit zusehends in Mißkredit, als man den Abstand der versunkenen mittelalterlichen Ritterwelt zur eigenen Gegenwart wahrnahm. Das englische Adjektiv "romantic", welches im 17. Jahrhundert zum ersten Male kursiert, beschreibt diesen Gegensatz. Das Romanhafte des Romans wurde als unangemessen empfunden. Die schlechte Reputation des Romans zeigt eine bekannte Äußerung Schillers an, der den Romanautor einen "Halbbruder" des Dichters nannte. Die Geschichte des Romans, der sich im 18. Jahrhundert gegen die traditionellen Literaturgattungen ständig wehren mußte, stellt sich als "Prozeß des ästhetischen Mündigwerdens" dar. (1)

Im Jahre 1774 bemühte sich Christian Friedrich von Blanckenburg um eine Rehabilitation des Romans. In Auseinandersetzung mit dem Epos formuliert er in seiner Schrift "Versuch über den Roman" eine eigenständige Theorie des Romans und weist ihm spezifische Inhalte zu. Während das Heldengedicht, das Epos, öffentliche Taten und Begebenheiten erzählt, handelt der Roman von den Handlungen und Empfindungen des Menschen. Der Roman soll die innere Geschichte eines Menschen in der Extension des Raumes und der Zeit darstellen unter Berücksichtigung der bedingenden Faktoren der inneren Entwicklung des Menschen. Die Innerlichkeit des Helden und die im Erzählen ausgebreitete Welt werden einander zugeordnet. Der Roman tritt die Nachfolge des Epos an, indem er die Totalität des Lebens zur Darstellung bringen kann und soll.

Anstelle der wunderlichen Ritterwelt wird die prosaische Wirklichkeit, die nicht mehr mythische Welt, als Lebensbedingung des Romanhelden gesetzt. So werden einerseits die epische Breite der Welt, die intendierte Totalitätsdarstellung, andererseits die Perspektive des Individuums, die individuelle Sicht, zu Konstituenten des Romas. Goethes Bezeichnung des Romans als "subjektive Epopee"(2) faßt beide Konstituenten treffend zusammen. Während einst der epische Held mit seinen Taten und Abenteuern die Geltung der Kollektiverfahrung vorstellen konnte, bringt die im Roman vorgestellte Lebensgeschichte die Weltaneignung und Wirklichkeitserfahrung eines einzelnen Subjekts zur Anschauung. Die Darstellung eines Kollektivschicksals - der eigentliche Gegenstand des Epos - weicht also der

Darstellung eines Einzelschicksals. Somit ist das Individuum aus der kollektiven Verbundenheit einer geschlossenen Gesamtkultur entlassen. Die Auflösung des mythischen Weltbildes der Antike und des christlichen Weltbildes des Mittelalters entlassen den einzelnen aus den festgefügten sozialen Bezügen und aus einem allgemein verbindlichen Deutungssystem. Die Sinnsuche und Lebensdeutung wird immer mehr dem einzelnen überantwortet. So wird die Form des Romans mit den elegisch klingenden Worten Lukács' zum "Ausdruck der transzendentalen Obdachlosigkeit". (3) Metaphysische Orientierungen oder mythische Sinnvorgaben verlieren in der Neuzeit ihre Prägungskraft. Die Ausgrenzung des einzelnen aus den Fesseln festgefügter transzendenter Sinnordnungen wird als Prozeß der Autonomie des Individuums begriffen.

In der Romanpraxis des 18. Jahrhunderts findet dieser Prozeß seinen Ausdruck in der verstärkten Blickrichtung auf die Seelenlage und Innerlichkeit des Romanhelden. Die betonte Darstellung von Empfindungen und inneren Konflikten der Romanfiguren ist eine spezifische Leistung des Romans im 18. Jahrhundert. Die Entdeckung des autonomen Individuums im bürgerlichen Zeitalter fällt zusammen mit der Psychologisierung der Romanfiguren: "Das 18. Jahrhundert ist das Zeitalter des Romans, schon weil es ein Zeitalter der Psychologie ist." (4)

Die Psychologisierung der Romanfiguren entspricht auch dem auf Innerlichkeit gerichteten Interesse bürgerlicher Leseschichten, die sich in den Konstellationen des Romans und in der kausal- psychologischen Darbietung der Figuren Aufklärung über das Innere des Menschen und über sich selbst verschaffen können. Mit dem Moment der Psychologisierung ist zugleich auch für die erfundenen Gegenstände des Romans die Kategorie der Wahrscheinlichkeit gesetzt. Handlungszusammenhänge und Figuren, die für den zeitgenössischen Leser wahrscheinlich, d. h. dem gegenwärtigen Leben ähnlich sind, können erst einen gewissen Identifizierungsprozeß beim Lesepublikum auslösen. In der Darstellung privater Lebensgeschichten bietet der Roman seinen Lesern genügend Identifikationsangebote, ob nun in den psychologisch-sentimentalen Romanen Richardsons oder in den komisch-satirischen Aufklärungsromanen von Fielding. Gemeinsam ist ihnen die Ablehnung höfisch-heroischer Romanmodelle zugunsten eines Romanmodells, das die Gefühle und Handlungen von Privatmenschen zur Anschauung bringt. Der Roman reift im 18. Jahrhundert zur Darstellung individueller Problematik und gewinnt ein bürgerliches Lesepublikum. Das Bürgertum, welches zu jener Zeit sich zusehends aus den feudalen Zuständen befreit, sieht im Roman ein Medium der Selbstvergewisserung und Selbsterkenntnis. So treffen der Aufstieg der literarischen Gattung Roman und die Emanzipation des Bürgertums kongenial zusammen. Erst im Bürgertum sollte der Roman vollends zu seiner literarischen Blüte gelangen. (5) Mit der sittlichen Autonomie des Individuums - einer Entdeckung des bürgerlichen Zeitalters - und mit seiner Loslösung aus traditionalen Sinngebungsmustern wird das Epos als Kunstform endgültig vom Roman abgelöst, in dessen Mitte das Leben eines problematischen, d. h. eines "sich selbst aufgegebenen" Individuums, steht. Die Grundlage der Verschiedenheit von Epos und Roman deutet Lukács geschichtsphilosophisch: "Der Roman ist die Epoche der gottverlassenen Welt" (6). Der Verlust Gottes ist durchaus als Verlust der metaphysischen Geborgenheit zu deuten, womit aphoristisch verkürzt die Lage des Individuums in der Neuzeit charakterisiert ist. Anders als der epische Held erfährt sich das Individuum im Roman als ein existenziell vereinzeltes und suchendes Wesen in einer Welt, in der ein verbindlicher Lebenssinn nicht mehr fraglos vorgegeben ist. Die Infragestellung herkömmlicher Wertordnung, die Infragestellung des christlichen Weltbildes, die Kritik an der Ständeordnung des Feudalismus und die emanzipatorische Bewegung des Bürgertums sind historische Tendenzen und Strömungen, welche die geschichtsphilosophische Bestimmung des Romans zu fundieren vermögen.

Im 18. und 19. Jahrhundert breiten sich vielfältige Typen des bürgerlichen Romans aus, von denen drei besonders hervorzuheben sind:

der in England verbreitete empfindsame Roman, welcher in der besonderen Ausprägung des Briefromans aufgrund seiner Ich-Struktur Tendenzen zum Psychogramm aufweist. Der deutsche Beitrag von Goethe "Die Leiden des jungen Werther" (1772) zeigt deutlich die Kollision zwischen individuellen Wünschen und den normierten Rollenerwartungen der Gesellschaft auf.

der gesellschaftskritisch-realistische Roman, welcher im 19. Jahrhundert von den französischen Realisten Stendhal, Balzac und Flaubert zur Hochblüte entwickelt wurde. Er geriet zu einem Instrument der Analyse gesellschaftlicher Mißstände. In Deutschland findet dieser Romantyp am ehesten seine Nachfolge in den Gesellschaftsromanen Fontanes. Ihm liegt ein Modell zugrunde, "in dem beliebige Personen des täglichen Lebens in ihrer Bedingtheit von den zeitgeschichtlichen Umständen zu Gegenständen ernster, problematischer, ja sogar tragischer Darstellung" (7) gemacht werden.

der vor allem in Deutschland gepflegte Entwicklungs- oder Bildungsroman, der in Goethes "Wilhelm Meisters Lehrjahre" (1795/96) oder auch in
Stifters "Nachtsommer" (1857) exemplarisch gestaltet wurde. Schon in der
eingangs erwähnten romantheoretischen Schrift Blanckenburgs war das
Schema des Bildungsromans präfiguriert. Die innere Entwicklung eines
Menschen - die Ausbildung und Entfaltung seiner Fähigkeiten - vollzieht sich
in der Auseinandersetzung mit der gesellschaftlichen Wirklichkeit. Am Ende
des Bildungsprozesses steht die Integration in die bestehende Gesellschaftsordnung.

Gemeinsam ist den Romanformen die kategoriale Beziehung Einzelmensch
- gesellschaftliche Wirklichkeit, einem berühmten Hegelschen Diktum zufol-
ge, der Konflikt zwischen der "Poesie des Herzens" und der entgegenste-
henden "Prosa der Verhältnisse". Der Hegel-Schüler Friedrich Theodor
Vischer formuliert in seiner Ästhetik prägnant: "Es folgt aus dem Obigen, daß
hier, im Conflicte dieser inneren Lebendigkeit mit der Härte der äußeren
Welt, das eigentliche Thema des Romans liegt". (8)
Die Innerlichkeit des Subjekts wird als lebendig und gehaltvoll vorgestellt,
die gesellschaftliche Wirklichkeit als hart und prosaisch, d. h. nicht mehr
dem urspünglichen und poetisch empfundenen Weltzustand im mythischen
Zeitalter entsprechend, bezeichnet. Gehalt und Substanz der Individualität
werden dargestellt, indem das persönliche Schicksal des Individuums,
seine Erfahrungen, Ansprüche, sein Scheitern, seine Erfolge unter konkreten Lebensbedingungen vorgeführt werden. Gefühlsleben, Interaktions- und
Kommunikationsweisen ergeben ein mehr oder weniger scharfes Bild eines
individuellen Charakters. Die individuelle Lebensgeschichte stiftet in der
Einheit von Charakter und Handlung die Identität des Individuums. Das
biographische Modell, in dem eine individuelle Lebensgeschichte innerhalb
eines konkreten historisch-sozialen Kontextes ausgebreitet wird und in dem
die Interaktion der Figuren die Ganzheit einer Fabel ergibt, erwies sich als
normbildend für den bürgerlichen Romans bis ins 20. Jahrhundert hinein.
Stets war intendiert, die Totalität der bürgerlichen Welt in der Lebensgeschichte von Individuen sichtbar zu machen.

Der bürgerliche Roman avancierte zur Hauptlektüre der bürgerlichen Schichten, solange er die Lesererwartungen, die eingeübt waren am traditionellen
Romanmodell der großen realistischen Erzähler, bestätigte. Moderne Schöp-
fungen des Romans im 20. Jahrhundert haben aber den Erwartungshorizont
durchbrochen und riefen in der Öffentlichkeit heftige Diskussionen hervor.

Joyce's "Ulysses" (1922) oder Döblins "Berlin Alexanderplatz" (1929) zeigten z. B. neue Wege und Perspektiven für den Roman im 20. Jahrhundert, welche viele Leser nicht nachvollziehen konnten. Manche Leser kapitulierten damals und wandten sich den bewährten fiktionalen Mustern zu, welche die vertrauten Romanwelten auch für die Modernität des 20. Jahrhunderts retten wollten, Das im 18. Jahrhundert errungene und im 19. Jahrhundert stabilisierte Einverständnis zwischen Ro-manautor und bürgerlichem Leser löst sich zusehends auf, denn die Innovationen in den Romanen namhafter Autoren erschweren den Zugang des Lesers.

Neben einer weiterhin üppigen Romanproduktion zeigen sich im ersten Drittel des 20. Jahrhunderts erstaunlich viele Reflexionsanstrengungen der Romanautoren über ihr eigenes poetisches Schaffen. Kritische und selbstkritische Reflexionen der Autoren über die Schwierigkeiten des Erzählens und über Abbildbarkeit der modernen Welt kennzeichnen die Essays, Aufsätze, Selbst-interpretationen und Briefe der modernen Romanautoren. Neben Robert Musil, Thomas Mann, Hermann Broch und Alfred Döblin sei hier auch Otto Flake genannt, der heute in Vergessenheit geraten ist. Die Reflexion der Autoren auf die Entstehungsbedingungen des Romans wird teilweise sogar in die Romanfiktion selbst integriert. Die Erzählbarkeit und Darstellbarkeit der modernen Welt wird direkt oder indirekt zum geheimen Thema der Erzählung selbst. So gab beispielsweise Thomas Mann dem Roman "Doktor Faustus" den Untertitel "Roman eines Romans". Sehr deutlich wird diese Doppelstruktur des Erzählens auch in Musils Roman "Der Mann ohne Eigenschaften" (1930). Dieser Prozeß der Spiegelung des Erzählproblems in der Erzählung ist auch in der Gegenwartsliteratur noch nicht zum Ende gekommen. Uwe Johnson beschreibt in seinem "Dritten Buch über Achim" (1961) gleichzeitig das Versagen herkömmlicher, erzählerischer Kategorien und Walter Jens' Buch "Herr Meister" liest sich wie das Selbstgespräch eines Romanschreibers. Dieser kurze Hinweis zeigt, daß die traditionellen erzähltechnischen Mittel zur Disposition standen, ja sogar in die viel beschworene Krise gerieten. (9)

Die Rolle des Erzählers selbst, die Handlungserzeugung in der Form der Fabel, die Konsistenz individueller Charaktere - diese wichtigen Konstituenten des traditionellen Romanmodells - wurden zumindest modifiziert oder gar romantheoretisch negiert und romantechnisch eliminiert. So beginnt die Geschichte des modernen Romans im 20. Jahrhundert in der Kritik und Negierung des herkömmlichen Romans, für welchen einst das Epos theorieleitende Funktion "ex negativo" besaß.

Die epochale Umwälzung der Erzählkunst ist nicht als eine Krise des Romans schlechthin zu deuten - dies zeigt auch die Attraktivität des literatischen Genus bis in die Gegenwart-, sondern zeigt die Krise traditioneller Erzählmittel des Romans auf, den man gemeinhin den realistischen Roman nennt. Die Verwendung des Ausdrucks "Krise" präjudiziert bereits ein theoretisches Verständnis der Erzählmittel, das hier kurz zu erläutern ist (10).

Einer immanent morphologischen Betrachtungsweise muß die eruptionsartige Änderung der Romankomposition zu Beginn des 20. Jahrhunderts als zufällig oder verwunderlich erscheinen, da sie die Darstellungsmittel des Romans als ein überzeitliches und "unausschöpfbares Arsenal" (11) versteht, aus dem der Roman-autor die ihm passenden Varianten gleichsam aussucht. In dieser Betrachtungsweise erscheint die Entscheidung des Autors für bestimmte Darstellungstechniken zufällig und letztlich auch unerklärlich , weil die historische Dimension literarischer Formen und Techniken nicht thematisiert wird. Die theoretische Erfassung literarischer Techniken darf sich aber nicht zu einer ahistorischen und abstrakten Auflistung von Typologien und Formkonstanten verleiten lassen, sondern muß den Zusammenhang von Darstellungsmittel und Darstellungsgegenstand wahren. Genau dieser Zusammenhang wird in der Fragestellung der modernen Romanautoren hergestellt, wenn sie über die Abbildbarkeit der modernen Welt reflektieren.

Hermann Broch schreibt in seinem Essay über James Joyce: "Denn es ist das Problem der 'Abbildbarkeit' schlechthin, das sich von hieraus eröffnet: .. je weiter die Wertzersplitterung fortschreitet, je chaotischer also die Kraftverteilung der Welt wird, ein desto größerer künstlerischer Aufwand wird erforderlich, um die Kräftesammlung zu bewältigen und zu bewerkstelligen, ja es wird der Aufwand so groß und von so komplizierter Art, daß ... die Totalitätswerke ... immer komplizierter und unzugänglicher werden, ein Tatbestand, vor dem sich eben das Problem erhebt, ob eine Welt ständig zunehmender Wertzer-splitterung nicht schließlich überhaupt auf ihre Total-erfassung durch das Kunstwerk verzichten muß und sohin 'unabbildbar' wird." (12)

In diesem kurzen Textausschnitt wird der Ausgangspunkt romantheoretischer Reflexion deutlich: Der moderne Romancier geht von seinem Dastellungsgegenstand aus, nämlich vom Weltzustand, der nach den Worten des Geschichtsphilosophen Broch im Zeichen der "Wertzersplitterung" und einer chaotischen Kraftverteilung steht. Erst von dieser Analyse ausgehend, leitet sich dann die Vermutung über den "künstlerischen Aufwand", über die Dastellungsmittel, ab. Die Frage der modernen Romanciers nach der Abbildbarkeit der Welt im 20. Jahrhundert führt schließlich zur Erkenntnis der Unzulänglichkeit herkömmlicher Erzähltechniken und macht deren Krise erst bewußt. Die angedeutete Krise der traditionellen Darstellungsmittel ist also als Reflex auf außerästhetische Zusammenhänge zu verstehen. Empirische Realität und ästhetische Form bilden zusammen einen Rückkopplungseffekt: "Die ungelösten Antagonismen der Realität kehren wieder in den Kunstwerken als immanente Probleme ihrer Form". (13)

Die Formprobleme und Formwandlungen in der ästhetischen Struktur des modernen Romans lassen sich in folgenden Tendenzen kurz beschreiben:

1. An die Stelle des ehemals souveränen und über der Erzählsache stehenden Erzählers tritt im modernen Roman ein verunsichertes Erzählersubjekt, das seine Unwissenheit und Schwierigkeit eingesteht und öffentlich demonstriert oder sich gleichsam verleugnet und sich hinter der personalen Perspektive seiner Romanfiguren kommentarlos verbirgt. Das Experimentieren mit Erzählerfiguren und das gleichzeitige Auftreten personaler Erzählsituationen kennzeichnen die Autoritätsschwächung des Erzählers im modernen Roman.

2. Der linear fortschreitende Handlungsverlauf in der Form der Fabel wird unterbrochen oder gar durch Kompositionen anderer Qualität ersetzt. Reflexionen und essayistische Partien (Musil, Broch) oder die Darstellung kollektiven Geschehens (Döblin) zersprengen einen einheitlichen Handlungskontext. Dementsprechend kann das Handlungsschema nicht mehr in einer individuellen Lebensgeschichte zentriert sein. Der Aufbau der Romanwelt folgt nicht mehr dem biographisch strukturierten Romanmodell. Letzteres wird von namhaften Autoren als untauglich angesehen, die Totalität der modernen Welt zu erfassen. Die Vielschichtigkeit der Komposition löst auch die Linearität der Zeit auf. Gegenwart und Vergangenheit werden ineinander verschmolzen. Wo sich aber die "Handlungsfabel" nicht mehr linear ausbreiten kann, wächst zugleich die Tendenz zur Simultanität. "An die Stelle von linearen Entwicklungszusammenhängen sind im modernen Roman simultane Verweisungszusammenhänge getreten" (14)

Die mythischen Verweisungszusammenhänge im Roman "Ulysses" von James Joyce z. B. sind inzwischen stilbildend geworden. Die Verfügbarkeit von Zeit, Raum und Geschichte und die Zitierbarkeit von Mythos und wissenschaftlichen Erkenntnissen machen deutlich, daß die modernen Romanautoren ein breites Wissensspektrum einbringen und sämtliche "Sprachregister" ziehen. Aus der in der Fabel begründeten Linearität des traditionellen Romans ist ein vielschichtiges, synthetisches Kompositionswerk geworden, in dem die immense Komplexität der Welt sich zur Darstellung bringt.

3. Durch die Auflösung linearer Handlungsgeschichten wird die einst durch Handlung und Charakter bestimmte Identität der Figuren zersetzt. Wurden einst durch die Strategie der Psychologisierung die fest umrissenen Konturen des Individuums geschaffen, so wird im 20. Jahrhundert - nicht zuletzt durch die Erkenntnisse der Psychoanalyse angeregt - das Innere der Person als weitgehend diffus und indifferent dargestellt. "Das Kosmosartige der Innerlichkeit" (15) weicht einem Raum von beliebigen und oft unkontrollierbaren Bewußtseinsinhalten. Die Strategie der Entpsychologisierung wird beispielsweise von Alfred Döblin zum Programm erhoben. Mit der Reduktion der Innerlichkeit auf einen konturlosen Innenraum geht auch die individuelle Sicht und die individuelle Lebensdeutung verloren. Die Abdankung einer einheitlichen individuellen Perspektive - verkörpert in der erzählten Lebensgeschichte eines Individuums - scheint wohl die bedeutsamste Änderung in der ästhetischen Struktur des modernen Romans zu sein.

Das Individuum, welches als Deutungsinstanz des Lebens vom Romanautor einst ausgesandt wurde, wird nun abberufen. Hier kündigt sich die geschichtsphilosophische Signatur des modernen Romans an, die Robert Musil in seinem Roman "Der Mann ohne Eigenschaften" - übrigens ein signifikanter Titel - folgendermaßen beschreibt:

"Wahrscheinlich ist die Auflösung des anthropozentrischen Verhaltens, das den Menschen solange für den Mittelpunkt des Weltalls gehalten hat, aber nun schon seit Jahrhunderten im Schwinden ist, endlich beim Ich selbst angelangt." (16)

Mit der Entdeckung des autonom gedachten Individuums im bürgerlichen Zeitalter war die Repräsentationsfähigkeit seiner Lebensgeschichte für den allgemeinen Weltlauf gesetzt. Das "Sich- Abarbeiten" des Individuums an der Welt galt als Muster von Welterfahrung und Weltaneignung schlechthin. So erfuhr sich das bürgerliche Zeitalter im 18. und 19. Jahrhundert als individualistisch geprägte Epoche. Die Nichtigkeit und Entwertung des Individiuums waren jedoch im Massensterben des 1. Weltkrieges zutage getreten. Die Erfahrung, nur Materialteilchen in der großen Schlacht zu sein, war für viele Intellektuelle desillusionierend. Hinzu kam noch die verheerende Erfahrung der Arbeitslosigkeit und des Ausgeliefertseins des einzelnen in den ökonomischen Krisen der Weimarer Republik, eine Erfahrung, welche zugleich ein Gefühl der Entfremdung hervorrief. Spätestens seit dem Jahre 1918 war die geistige und politische Krise des Bürgertums unverkennbar. Die allgemeine politisch-geistige Desintegration und die Krisenerfahrung des einzelnen mögen auch die Krise der traditionellen Romankunst gefördert haben. Der zeitgenössische Publizist und Essayist Siegfried Kracauer sah im Jahre 1930 die Krise der traditionellen Romanform im Zusammenhang mit der historischen Erfahrung der Entwertung des Subjekts.

"Allzu nachhaltig hat in der jüngsten Vergangenheit jeder Mensch seine Nichtigkeit und die der anderen erfahren müssen, um noch an die Vollzugsgewalt des beliebigen Einzelnen zu glauben. Sie aber bildet die Voraussetzung der bürgerlichen Literatur in den Vorkriegsjahren. Die Geschlossenheit der alten Romanform spiegelt die vermeintliche der Persönlichkeit wider, und seine Problematik ist stets eine individuelle. Das Vertrauen in die objektive Bedeutung irgendeines individuellen Bezugssystems ist dem Schaffenden ein für allemal verloren gegangen. Mit dem Schwinden dieses festen Koordinatennetzes haben aber auch alle darin eingetragenen Kurven ihre Bildgestalt eingebüßt. So wenig sich der Schriftsteller noch auf sein Ich berufen kann, ebensowenig gewährt ihm die Welt einen Halt; denn beider Strukturen bedingen einander. Jenes ist relativiert, diese mit ihren Gehalten und Figuren in einen undurchsichtigen Umlauf gebracht .Nicht umsonst spricht man von der Krisis des Romans. Sie besteht darin, daß die bisherige Romankomposition durch die Aufhebung der Konturen des Individuums und seiner Gegenspieler außer Kraft gesetzt ist." (17)

"Die Aufhebung der Konturen des Individuums" (Kracauer) im Roman ist das Äquivalent der historischen Erfahrung von der Krise des einzelnen. Diese Erfahrungskrise des modernen Ich läßt sich exemplarisch in der Großstadterfahrung nachweisen.

II. Großstadterfahrung
als spezifische moderne Erfahrung

Anhand einer Textreihe von literarischen Texten sollen die verschiedenen Aspekte der Großstadterfahrung erörtert und zusammengefaßt werden. Nicht die Vollständigkeit einer thematisch orientierten Textreihe ist angestrebt, sondern die Auswahl der Texte erfolgt nach dem Kriterium des Modellartigen einer subjektiven Erfahrung von Großstadt.

> 1. E. T. A. Hoffmann
> "Des Vetters Eckfenster" (1822)
> aus: E. T. A. Hoffmann Werke (2 Bd.)
> hrsg. v. Dr. Hermann Leber
> Salzburg o. J.
> Bd. 2 S. 1067/1068

"Der Vetter: ...Sieh einmal gerade vor dich hinab in die Straße; hier hast du mein Glas, bemerkst du wohl die etwas fremdartig gekleidete Person mit dem großen Marktkorb am Arm, die mit einem Bürstenbinder in tiefem Gespräch begriffen, ganz geschwinde andere Domestika abzumachen scheint, als die des Leibes Nahrung betreffen?

Ich: Ich habe sie gefaßt. Sie hat ein grell zitronenfarbiges Tuch, nach französischer Art turbanähnlich um den Kopf gewunden, und ihr Gesicht sowie ihr ganzes Wesen zeigen deutlich die Französin. Wahrscheinlich eine Restantin aus dem letzten Kriege, die ihr Schäfchen hier ins Trockene gebracht.

Der Vetter: Nicht übel geraten. Ich wette, der Mann verdankt irgendeinem Zweige französischer Industrie ein hübsches Auskommen, so daß seine Frau ihren Marktkorb mit ganz guten Dingen reichlich füllen kann. Jetzt stürzt sie sich ins Gewühl. Versuche, Vetter, ob du ihren Lauf in den verschiedensten Krümmungen verfolgen kannst, ohne sie aus dem Auge zu verlieren; das gelbe Tuch leuchtet dir vor.

Ich: Ei, wie der brennende gelbe Punkt die Masse durchschneidet. Jetzt ist sie schon der Kirche nah - jetzt feilscht sie um etwas bei den Buden - jetzt ist sie fort - o weh, ich habe sie verloren - nein, dort am Ende duckt sie wieder auf - dort bei dem Geflügel - sie ergreift eine gerupfte Gans - sie betastet sie mit kennerischen Fingern.

Der Vetter: Gut, Vetter, das Fixieren des Blicks erzeugt das deutliche Schauen."

Aus der exponierten Stellung des Fensters mustern die beiden Beobachter gemütlich und behaglich das Treiben auf dem Marktplatz. Die kleine Welt einer deutschen Provinzstadt liegt ihnen zu Füßen, ein farbenreiches Gewühl, aber doch stets überschaubar. Die einzelnen Menschen - so wie hier diese Frau - werden nach Aussehen, Herkunft und Stand erfaßt und auch nach Physiognomie geordnet. Das deutliche Schauen resultiert aus einem distanzierten Beobachtungsstandpunkt, von dem aus ungefährdet die Beobachtungsgegenstände besprochen und eingeteilt werden können. Alle beobachteten Einzelphänomene sind aufgehoben in einem unverrückbaren und stabilisierten Erfahrungshorizont. Dieses Erfahrungsmodell verbürgt die Sicherheit des wahrnehmenden Subjekts und die Überschaubarkeit der wahrgenommenen Wirklichkeit.

2. Wilhelm von Humboldt
Brief vom 4. August 1789 über den
2. Tag seines Parisaufenthaltes
aus: Alfred Stern, Der Einfluß der
französischen Revolution auf das
deutsche Geistesleben.
Stuttgart, Berlin 1928
S. 23

"Was soll ich in dem schmutzigen Paris, in dem ungeheuren Gewimmel von Menschen? Ich war nur jetzt zwei Tage hier, und beinahe ekelt es mich schon an. Von einer anderen Seite hab' ich doch aber eine angenehme Empfindung. Bei dem unaufhörlichen Gewirre, bei der unbeschreiblichen Menge von Menschen verschwindet das eigene Individuum so ganz, kein Mensch bekümmert sich um einen, keiner nimmt Rücksicht auf einen, ja man wird selbst so in den Strom fortgerissen, daß man auch sich selbst nur wie ein Tropfen gegen den Ocean erscheint. Das hab ich gern."

3. Friedrich Engels
Die Lage der arbeitenden Klasse
in England (1848)
zitiert nach: Walter Benjamin,
Charles Baudelaire
Frankfurt a. Main 1974
S. 115/116

"Schon das Straßengewühl hat etwas Widerliches, etwas, wogegen sich die menschliche Natur empört. Diese Hunderttausende von allen Klassen und aus allen Ständen, die sich da an einander vorbeidrängen, sind sie nicht alle Menschen, mit denselben Eigenschaften und Fähigkeiten, und mit demselben Interesse, glücklich zu werden? ... Und doch rennen sie an einander vorüber, als ob sie gar Nichts gemein, gar Nichts mit einander zu tun hätten, und doch ist die einzige Übereinkunft zwischen ihnen die stillschweigende, daß Jeder sich auf der Seite des Trottoirs hält, die ihm rechts liegt, damit die beiden an einander vorbeischießenden Strömungen des Gedränges sich nicht gegenseitig aufhalten; und doch fällt es Keinem ein, die Anderen auch nur eines Blickes zu würdigen. Die brutale Gleichgültigkeit, die gefühllose Isolierung jedes Einzelnen auf seine Privatinteressen tritt um so widerwärtiger und verletzender hervor, je mehr dieser Einzelnen auf den kleinen Raum zusammengedrängt sind."

Zwei europäische Zentren, nämlich Paris und London, von zwei Intellektuellen gesehen, machen für beide Beobachter den Unterschied zu den provinziellen Zuständen zu Hause deutlich. Während Friedrich Engels die Großstadtmenge in London als widernatürlich, unmoralisch und im engeren ästhetischen Sinne als unangenehm empfindet, zeigt sich dem jungen Humboldt das ästhetische Doppelgesicht der Menge. Seine Großstadterfahrung ist einerseits bestimmt vom Ekel im unübersehbaren, schmutzig erscheinenden Gewimmel und andererseits vom Lustgewinn beim Eintauchen in die Menge. Der Ozean ist die metaphorische Größe, in der sich der einzelne verliert, ja zu verschwinden droht. Die Individualität wird von der Außenwelt gleichsam bis zur Selbstvergessenheit aufgesogen.
Hier tut sich ansatzweise die Form einer Erfahrung kund, die Walter Benjamin in seinem Buch über Charles Baudelaire als eine spezifisch moderne Form der Erfahrung ausweist.

"Haptischen Erfahrungen dieser Art traten optische an die Seite, wie der Inseratenteil sie mit sich bringt, aber auch der Verkehr in der großen Stadt. Durch ihn sich zu bewegen, bedingt für den einzelnen eine Folge von Chocks und von Kollisionen. An den gefährlichen Kreuzungspunkten durchzucken ihn, gleich Stößen einer Batterie, Innervationen in rascher Folge. Baudelaire spricht von dem Mann, der in die Menge eintaucht wie in ein Reservoir elektrischer Energie." (1)

Unverkennbar ist die metaphorische Verwandtschaft mit dem Beschreibungsversuch Humboldts. Die Großstadtmenge als Energiefeld, als "Energiemeer" läßt das Individuum nicht unbeeindruckt. Die Reize einer derart energiegeladenen Außenwelt müssen aber stets aufgefangen und bewußt bewältigt werden. Beim Mißlingen dieser Reizabwehr kommt es zur "Chokkerfahrung", die für die Großstadterfahrung typisch ist. Die vielfältigen und ständig wechselnden Eindrücke in der Großstadt entziehen sich dem Zugriff einer gesicherten und eingeübten Wahrnehmungsweise und Deutungsweise. Zerschlagen die wahrgenommenen Einzelphänomene eingeübte Erfahrungsweisen und Erlebnisinhalte, so wirken derartige Umwelteindrücke auf den einzelnen bedrohlich und stellen sich als unüberschaubar dar. Zur Rekonstruktion der Überschaubarkeit wurden im Paris des 19. Jahrhunderts behördliche Maßnahmen ergriffen.

"So soll die Einführung von Häusernummern die Menschen erstmals mittels einer bestimmten, ihnen zugehörigen Adresse registrierbar machen. Technische Maßnahmen erweitern die Identifikationsverfahren. Dazu zählt zunächst die Personalbestimmung durch Unterschrift, dann die Photographie." (2)

Auch die Einrichtung der berühmten Passagen in Paris diente dem Zweck, kleine überschaubare Lebensräume inmitten der pulsierenden Großstadt zu errichten.

Die Großstadt mit ihrer entgrenzten Wahrnehmungsfülle kann als ungesicherter Erfahrungsraum begriffen werden, in dem das Individuum mit seiner begrenzten Wahrnehmungsfähigkeit ständigen Innovationsreizen ausgesetzt ist.

4. Robert Walser
"Jakob von Gunten" (Roman)
Berlin 1908
S. 34 ff

"Oft gehe ich auf die Straße, und da meine ich, in einem ganz wild anmutenden Märchen zu leben. Welch ein Geschiebe und Gedränge, welch ein Rasseln und Prasseln! Welch ein Geschrei, Gestampf, Gesurr und Gesumme! Und alles so eng zusammengepfercht. Dicht neben den Rädern der Wagen gehen die Menschen, die Kinder, Mädchen, Männer und elegante Frauen; Greise und Krüppel, und solche, die den Kopf verbunden haben, sieht man in der Menge. Und immer neue Züge von Menschen und Fuhrwerken. Die Wagen der elektrischen Trambahn sehen wie figurenvollgepfropfte Schachteln aus. Die Omnibusse humpeln wie große, ungeschlachte Käfer vorüber. Dann sind Wagen da, die wie fahrende Aussichtstürme aussehen. Menschen sitzen auf den hocherhobenen Sitzplätzen und fahren allem, was unten geht, spricht und läuft, über den Kopf weg. In die vorhandenen Mengen schieben sich neue, und es geht, kommt, erscheint und verläuft sich in einem fort. Pferde trampeln. (...) Und die Sonne blitzt noch auf dem allem. Dem einen beglänzt sie die Nase, dem andern die Fußspitze. Spitzen treten an Röcken zum glitzernden und sinnverwirrenden Vorschein. Hündchen fahren in Wagen, auf dem Schoß alter, vornehmer Frauen spazieren. Brüste prallen einem entgegen, in Kleider und Fassonen eingepreßte, weibliche Brüste. Und dann sind wieder die dummen vielen Zigarren in den vielen Schlitzen von männlichen Mundteilen. Und ungeahnte Straßen denkt man sich, unsichtbare neue und ebenso sehr menschenwimmelnde Gegenden. (...) Was ist man eigentlich in dieser Flut, in diesem bunten, nicht endenwollenden Strom von Menschen? (...) Man möchte sich jemandem an den Hals werfen." (34 ff.)

Die Erfahrungen mit der Menge rufen scheinbar unwillkürlich Verleiche mit Flut, Strom oder dem Ozean hervor. Inhärent ist solchen Metaphern ein Gefühl des Preisgegebenseins und des Verschwindens angesichts einer unfaßbaren Größe. Etwas unbeholfen versucht hier das Subjekt die noch fremden Phänomene des Straßenverkehrs durch Vergleiche mit bekannten Dingen zu erfassen und in die eigene Erfahrungswelt zu integrieren: Trambahnwagen wie Schachteln, Omnibusse wie Käfer, usw. Mit rhetorischen Stilmitteln und phonetischen Assoziationen wird eingangs versucht, Dynamik und Diskontinuität der Eindrücke wiederzugeben. Ähnlich wie im Reihungsstil der Großstadtlyrik werden heterogene Wahrnehmungselemente, fetzenhafte Partikel der Wirklichkeit - unverkennbar sind erotische Signale - addiert. Für das reizüberflutete Individuum in der Großstadt stellt sich auch kein verstehbarer sinnvoller Zusammenhang her, so daß die Außenwelt in zufällig addierte Einzelteile zerfällt. In dieser Umgebung erfährt sich der einzelne in seiner fragwürdigen Bedeutung; deshalb ist die Frage nach dem "Selbst" am Ende des Textausschnittes nur zwangsläufig.

5. John Dos Passos
"Manhattan Transfer"
(Roman, erschienen 1925)
Reinbek (Rowohlt) 1966
S. 288-291

"Der junge Mann ohne Beine hat mitten auf dem südlichen Bürgersteig der 14. Straße haltgemacht. Er trägt einen blauen, gestrickten Sweater und eine blaue Zwirnmütze. Seine Augen starren nach oben und weiten sich, bis sie das kreideweiße Gesicht ausfüllen. Über dem Himmel treibt ein lenkbares Luftschiff, schimmernde Stanniolzigarre, verschwommen in ferner Höhe, stößt sanft in den regenfeuchten Himmel und die weichen Wolkenstreifen. Der junge Mann ohne Beine rührt sich nicht von der Stelle, auf die Arme gestützt, mitten auf dem südlichen Bürgersteig der 14. Straße. Zwischen ausschreitenden Beinen, mageren Beinen, Watschelbeinen, Beinen in Frauenröcken und Hosen und Knickerbockern verharrt er regungslos, auf seine Arme gestützt, und blickt zu dem Luftschiff hinauf.

Arbeitslos verließ Jimmy Herf das Pulitzer Building. Neben einem Stoß rosaroter Zeitungen auf dem Bordstein blieb er stehen, holte tief Atem, blickte zu dem glitzernden Schaft des Woolworth empor. Es war ein sonniger Tag, der Himmel war blau wie ein Rotkehlchenei. Er wandte sich nach Norden und marschierte los. Als er sich von dem Woolworth entfernte, zog der Wolkenkratzer sich wie ein Teleskop in die Länge. Nordwärts spazierte er durch die Stadt der leuchtenden Fenster, durch die Stadt der zerwühlten Alphabete, durch die Stadt der vergoldeten Ladenschilder. Kleberbrot - Frühlingssäfte ... Proppevoll mit goldener Üppigkeit. - Jedes Bißchen ein Genüßchen - Der König Der Rote - Kleberbrot voller Frühling. Nirgendwo bekommst du besseres Brot zu kaufen als PRINCE ALBERT. Getriebener Stahl, Aluminium, Kupfer, Nickel, getriebenes Eisen. Jeder liebt natürliche Schönheit. WIE GESCHENKT - dieser Anzug bei Gumpel - billigste Bezugsquelle in ganz New Yorck. Bewahren Sie sich Ihren Backfischteint ... JOE KISS - Anlasser, Scheinwerfer, Zündkerzen, Batterien ... Immer wieder fing er zu glucksen an vor unterdrücktem Gekicher. Es war elf. Er war nicht zu Bett gewesen. Das Leben stand kopf, er war eine Fliege, die über die Decke einer umgestülpten Stadt spaziert. Er hatte seine Stellung hingeworfen, er hatte heute, morgen, übermorgen und überübermorgen nichts zu tun. Was raufgeht, muß runter, aber noch wochenlang nicht, noch monatelang nicht. Kleberbrot - Frühlingssäfte ...

Er ging in eine Frühstücksstube, bestellte Schinken und Ei, Röstbrot und Kaffe, aß vergnügt, jeden Bissen gründlich auskostend. Seine Gedanken liefen wild durcheinander wie eine Weide voll einjähriger Fohlen, die der Sonnenuntergang verrückt macht, am Nebentisch dozierte monoton eine Stimme:

"Sitzengelassen ... Und ich sage Ihnen, wir mußten ordentlich aufräumen. Alle haben sie ihrer Kirche angehört, wir wußten Bescheid. Man hatte ihm geraten, sie unterzubringen. Er sagte: "Nein, ich werde es durchkämpfen ..."

Herf stand auf. Er mußte weiter. Er ging auf die Straße hinaus, den Speckgeschmack in den Zähnen.

Unser Eildienst deckt den Bedarf des Frühling. Ach du lieber Gott, den Bedarf des Frühlings decken. Keine Dosen, nein, Sir, aber beste Qualität in jeder milden Pfeifenfüllung ... SOCOMY ... Eine Kostprobe sagt mehr als eine Million Worte. Der gelbe Bleistift mit dem roten Ring. Mehr als eine Million Worte, mehr als eine Million Worte. 'Na, schön, her mit der Million ... Nimm ihn aufs Korn, Ben:' - 'Die Yonkersbande ließ ihn für tot auf einer Parkbank liegen. Sie hatten ihn überfallen, aber nichts bei ihm gefunden als eine Million Worte ...' - 'Aber Jimps, ich habe die Bücherweisheiten und das Proletariat so gründlich satt, kannst du das nicht verstehen? ...'

Proppevoll von goldener Üppigkeit. Frühling.

Dick Snows Mutter besaß eine Schuhkartonfabrik. Sie machte bankrott, und er mußte die Schule verlassen und begann an den Straßenecken herumzulungern. Der Verkäufer am Limonadenstand sagte ihm Bescheid. Er hatte zwei Anzahlungen geleistet, Perlohrringe für eine kleine schwarzhaarige Jüdin mit den Kurven einer Mandoline. In der Hochbahnstation lauerten sie dem Bankboten auf. Er fiel übers Drehkreuz und blieb dort hängen. In einem Ford-Sedan fuhren sie mit der Aktentasche weg. Dick Snow blieb zurück und leerte seinen Revolver in den Bauch des Toten. In der Hinrichtungszelle deckte er den Bedarf des Frühlings, indem er ein Gedicht an seine Mutter schrieb, das im Evening Graphic abgedruckt wurde. Mit jedem tiefen Atemzug schluckte Herf Gerumpel und Geratter und bunte Phrasen, bis er anzuschwellen begann, dick und wulstig dahinstolpernd wie eine Rauchsäule über den Aprilstraßen. Blick in die Fenster der Werkstätten, Knopffabriken, Zinskasernen, er fühlte den Schmutz der Bettlaken und das glatte Schwirren der Drehbänke, schreibt Schimpfwörter auf den Schreibmaschinen zwischen den Fingern der Typistinnen, wirft die Preiszettel in den Kaufhäusern durcheinander. Zuinnerst sprudelt er wie Sodawasser in süßem Aprilsirup, Erdbeeren, Sarsaparilla, Schokolade, Kirschen, Vanille, schaumtriefend durch die milde benzinblaue Luft. Vierundvierzig Stockwerke fällt er hinunter, daß es ihm den Magen umdreht, schmettert zu Boden. Gesetzt den Fall, ich kaufte mir einen Revolver und tötete Ellie, würde ich dann auch den Bedarf des April decken und in der Hinrichtungszelle ein Gedicht über meine Mutter schreiben, das im Evening Graphic abgedruckt wird?

Er schrumpfte zusammen, bis er so klein war wie ein Staubkorn, suchte sich mühsam einen Weg über die Klippen und Felsblöcke in dem tosenden Rinnstein, kletterte an Strohhalmen hinauf, wich Motorölseen aus.

Er saß auf dem Washington Square, den der Mittag rosa färbte, und blickte durch den Bogen der V. Avenue entlang. Das Fieber war versickert. Ihm war kühl, er war müde. Ein anderer Frühling ... Du lieber Gott, vor wieviel Jahren war es gewesen, daß er vom Friedhof kam und die blaue Makadamstraße entlangging, wo die Feldsperlinge sangen und das Schild stand: YONKERS. In Yonkers habe ich meine Kindheit begraben, in Marseille, den Wind im Gesicht, habe ich meine Flegeljahre in den Hafen versenkt. Wo in New York soll ich meine Zwanzigerjahre begraben? Vielleicht sind sie deponiert worden und mit der Ellis-Island-Fähre auf die hohe See hinausgefahren, die Internationale singend.

Das Grollen der Internationale über dem Wasser, seufzend in den Nebel verebbt. (...)"

Dem jungen Arbeitslosen präsentiert sich die Großstadt als versprachlichte Umwelt: Reklamesprüche und Gesprächsfetzen dringen auf ihn ein und füllen sein Bewußtsein. Die Waren der Schaufensterauslagen usurpieren sein Inneres, lassen ihn anschwellen und zusammenschrumpfen. In surrealistischer Komposition gestaltet der Autor die Objektwelt und zeigt ihre chaotische Dominanz gegenüber dem einzelnen auf. Nur wehmütige Erinnerungen bleiben dem jungen Arbeitslosen als sein eigen, während die gegenwärtigen Umwelterfahrungen mit seiner spezifischen Situation in keinem Verhältnis stehen. Übermächtig präsentiert sich die Dingwelt und Sprachwelt, aber sie präsentiert sich als zufällige und willkürliche. Der völligen Fremdheit und Disparatheit der Großstadtumwelt korrespondiert ein verdinglichtes Bewußtsein. Das Innere der Person ist nämlich zerstückelt, die Außenwelt aber ist ein chaotisches Konglomerat von Zitaten, Phrasen und Gesprächsfetzen.

6. Rainer Maria Rilke
"Die Aufzeichnungen des Malte
Laurids Brigge" (1910)
in: R. M. Rilke, Lyrik und Prosa
Frankfurt a. Main o. J.
S. 299/300
"11. September, rue Toullier.

So, also hierher kommen die Leute, um zu leben, ich würde eher meinen, es stürbe sich hier. Ich bin ausgewesen. Ich habe gesehen: Hospitäler. Ich habe einen Menschen gesehen, welcher schwankte und umsank. Die Leute versammelten sich um ihn, das ersparte mir den Rest. Ich habe eine schwangere Frau gesehen. Sie schob sich schwer an einer hohen, warmen Mauer entlang, nach der sie manchmal tastete, wie um sich zu überzeugen, ob sie noch da sei. Ja, sie war noch da. Dahinter? Ich suchte auf meinem Plan: Maison d'Accouchement. Gut. Man wird sie entbinden - man kann das. Weiter, rue Saint-Jacque, ein großes Gebäude mit einer Kuppel. Der Plan gab an Valde-grace, Hopital militaire. Das brauchte ich eigentlich nicht zu wissen, aber es schadet nicht. Die Gasse begann von allen Seiten zu riechen. Es roch, soviel sich unterscheiden ließ, nach Jodoform, nach dem Fett von pommes frites, nach Angst. Alle Städte riechen im Sommer. Dann habe ich ein eigentümlich starblindes Haus gesehen, es war im Plan nicht zu finden, aber über der Tür stand noch ziemlich leserlich: Asyle de nuit. Neben dem Eingang waren die Preise. Ich habe sie gelesen. Es war nicht teuer.

Und sonst? ein Kind in einem stehenden Kinderwagen: es war dick, grünlich und hatte einen deutlichen Ausschlag auf der Stirn. Er heilte offenbar ab und tat nicht weh. Das Kind schlief, der Mund war offen, atmete Jodoform, pommes frites, Angst. Das war nun mal so. Die Hauptsache war, daß man lebte. Das war die Hauptsache.

Daß ich es nicht lassen kann, bei offenem Fenster zu schlafen. Elektrische Bahnen rasen läutend durch meine Stube. Automobile gehen über mich hin. Eine Tür fällt zu. Irgendwo klirrt eine Scheibe herunter, ich höre ihre großen Scherben lachen, die kleinen Splitter kichern. Dann plötzlich dumpfer, eingeschlossener Lärm von der anderen Seite, innen im Hause. Jemand steigt die Treppe. Kommt, kommt unaufhörlich. Ist da, ist lange da, geht vorbei. Und wieder die Straße, ein Mädchen kreischt: Ah tais-toi, je ne veux plus. Die Elektrische rennt ganz erregt heran, darüber fort, fort über alles. Jemand ruft. Leute laufen, überholen sich. Ein Hund bellt. Was für eine Erleichterung: ein Hund. Gegen Morgen kräht sogar ein Hahn, und das ist Wohltun ohne Grenzen. Dann schlafe ich plötzlich ein.

Das sind die Geräusche. Aber es gibt hier etwas, was furchtbarer ist: die Stille. Ich glaube, bei großen Bränden tritt manchmal so ein Augenblick äußerster Spannung ein, die Wasserstrahlen fallen ab, die Feuerwehrleute klettern nicht mehr, niemand rührt sich. Lautlos schiebt sich ein schwarzes

Gesimse vor oben, und eine hohe Mauer, hinter welcher das Feuer auffährt, neigt sich, lautlos. Alles steht und wartet mit hochgeschobenen Schultern, die Gesichter über die Augen zusammengezogen, auf den schrecklichen Schlag. So ist hier die Stille.

Ich lerne sehen. Ich weiß nicht, woran es liegt, es geht alles tiefer in mich ein und bleibt nicht an der Stelle stehen, wo es sonst immer zu Ende war. Ich habe ein Inneres, von dem ich nicht wußte. Alles geht jetzt dorthin. Ich weiß nicht, was dort geschieht.

Ich habe heute einen Brief geschrieben, dabei ist es mir aufgefallen, daß ich erst drei Wochen hier bin. Drei Wochen anderswo, auf dem Lande zum Beispiel, das konnte sein wie ein Tag, hier sind es Jahre."

Rilkes moderner Roman, der aus kaleidoskopartig angelegten Prosastücken besteht, ist charakterisiert durch die streng eingehaltene Ich-Perspektive eines fingierten Ich-Erzählers. Ein lyrisches Ich gibt Auskunft, was ihm widerfährt; dabei rufen die gegenwärtigen Erfahrungen in Paris Kindheitserinnerungen hervor. Folglich werden Gegenwart und Vergangenheit durch ein spontanes Erinnerungsvermögen zusammengehalten.

Die ersten Tagebucheintragungen setzen ein mit den Wahrnehmungsformen des Sehens, Riechens und Hörens. Die ersten Eindrücke von Paris werden von dem sensibilisierten Wahrnehmungsvermögen des jungen Malte notiert und im Niederschreiben gleichsam zu bändigen versucht. Es ist nämlich unübersehbar, daß die Pariser Umwelt auf ihn schockierend und auch ekelerregend wirkt. Das Novum dieser Schockerfahrung liegt aber nun darin, daß die Subjekt-Objekt-Distanz eingezogen ist: Die Dingwelt kann nicht mehr festgehalten werden, sie dringt in das Zimmer ein und reißt die Trennwände zum Inneren nieder. Die neue Form des Sehens, die am Ende artikuliert wird, führt zu einer Öffnung des Inneren, das diffus wird und nicht mehr kontrollierbar ist. Die Vielfalt der Eindrücke führt nicht nur zu einer bemerkenswerten Durchlässigkeit des Innenraumes, sondern ruft auch ein inneres Zeitgefühl hervor, das von der realen mechanischen Zeit sehr stark abweicht.

Die entgrenzte und nicht mehr leicht integrierbare Wahrnehmungsfülle der Großstadt muß dem einzelnen als befremdliche und bedrohliche Übermacht der Dingwelt erscheinen, die in ihrer Eigendynamik das Subjekt zu erdrücken droht. Rilke hat diese übermächtige Dingwelt im semantischen Feld gekennzeichnet: Den Dingen werden Tatprädikatoren zugeschrieben ("lachen", "kichern", "rennen"), die eigentlich für Tätigkeiten von Menschen reserviert sind. Hier kündigt sich eine Tendenz an, die auch in der Großstadtlyrik zu beobachten ist: Das wahrnehmende Subjekt bleibt passiv, die Objektwelt droht zum Handlungssubjekt zu werden. (3)

Anhand der Untersuchung der Großstadterfahrung wird der Strukturwandel der Erfahrung sinnfällig. Als Pole dieser Entwicklung können E. T. A. Hoffmanns Text "Des Vetters Eckfenster" und "Die Aufzeichnungen des Malte Laurids Brigge" von Rilke betrachtet werden. Während früher die Überschaubarkeit der Wirklichkeit gewährleistet war, sind die Erfahrungen des Subjekts in der Moderne geprägt vom schockartigen Erleben der Umwelt, worin sich die Krisenerfahrung des einzelnen manifestiert. Weil die Großstadterfahrung Krisen des einzelnen deutlich macht, ist es auch nicht verwunderlich, daß die Großstadt als Organonmodell für den modernen Roman beansprucht wird; denn dieser thematisiert ebenfalls die Krise individueller Welterfahrung und die Problematik personenzentrierter Totalitätserfassung.

III. Großstadt als Organonmodell für den modernen Roman

Erstmals in dem Gedichtzyklus "Tableaux Parisiens" von Baudelaire avanciert die Großstadt zu einem neuen Gegenstand der Lyrik. Die expressionistische Großstadtlyrik am Anfang des 20. Jahrhunderts löst dann endgültig die vorher dominierende Na-turlyrik ab. Durch die verspätete aber rapide Industrialisierung in Deutschland entstehen auch hier Großstädte wie Berlin, Leipzig und München, welche zunehmend an Bedeutung gewinnen. Berlin wird 1920 mit seinen nahezu 4 Millionen Einwohnern gar zur Metropole der expressionistischen Bewegung. Die Berlin-Gedichte von Heym, Lichtenstein, Benn, Loerke usw. thematisieren die Großstadterfahrung in einer meist dämonisierenden Metaphorik. Bezeichnend sind die Titel in Georg Heyms Gedichten: "Der Gott der Stadt", "Die Dämonen der Städte". Neben den eindringlichen Städtevisionen in der modernen Malerei wirkt die Großstadtproblematik auch in den frühen Stücken des jungen Bertolt Brecht. Während das Stück "Im Dickicht der Städte" (1923) das Leiden der Großstadtmenschen an der Einsamkeit zeigt, wird in der Oper "Aufstieg und Fall der Stadt Mahagonny" (1929) vom Untergang der von Laster und Elend gekennzeichneten Städte gesungen. In der sozialkritischen Intension Bertolt Brechts dient die Stadt Mahagonny als Modell der spätbürgerlichen Gesellschaft. Diese kurzen Hinweise mögen genügen, um deutlich werden zu lassen, daß die Großstadt als ein neues literarisches Sujet entdeckt wird,

Für den modernen Roman wird die Großstadterfahrung insofern signifikant, weil sich an ihr die Veränderungen in der Wirklichkeitserfahrung deutlich machen lassen. Die vorangestellte Textreihe hat in Umrissen die Neuartigkeit der Erfahrung deutlich gemacht.

1. Die gesicherte Wirklichkeitserfahrung ist an die Kategorie der Überschaubarkeit gebunden. (E. T. A. Hoffmann-Text)

2. Das Leben in den unüberschaubaren Größenzusammenhängen der Großstadt kann sowohl Gefühle des Verlorenseins als auch ein Gefühl des Ekels erzeugen. (Friedrich Engels-Text/ Humboldt-Text)

3. Durch Reizüberflutung und durch ständige Innovationen kann die Schockerfahrung als spezifische Form der modernen Erfahrung zur Aufhebung der Subjekt-Objekt-Grenzen und zur Ichdissoziation führen (Rilke-Text).

4. Dieser Ich-Schwäche und Identitätskrise korrespondiert eine disparate und heterogene Objektwelt, die, fragmentarisch erfahren, keine verstehba-

ren Zusammenhänge und keine Konsistenz aufweist, sondern nur in der chaotischen Überfülle der Dinge präsent ist. (Walser-Text/Dos Passos-Text).

Diese Ergebnisse des Strukturwandels der Wirklichkeitserfahrung sind in den modernen Roman eingegangen. So konnte die im Roman formkonstitutive "Dualität von Innerlichkeit und Außenwelt" (1) von diesem Erfahrungswandel nicht unberührt bleiben. Im modernen Roman entwerten sich nun beide Bereiche wechselseitig. Das Innere der Person wird weitgehend reduziert auf einen desintegrierten Innenraum von anonymer Qualität, und die Außenwelt zerfällt in zusammenhanglose Partikel. Der mangelnden Identität und individuellen Bestimmtheit der Personen entspricht die mangelnde Sinnkohärenz der Außenwelt. Der Romanautor Robert Musil benennt die Deformierung folgendermaßen:

"Es steht nicht mehr ein ganzer Mensch einer ganzen Welt gegenüber, sondern ein menschliches Etwas bewegt sich in einer allgemeinen Nährflüssigkeit." (2)

Für diese Tendenz zur Ichdissoziation, d. h. Zersetzung der individuellen Ganzheit, und zur Fragmentisierung der Außenwelt im Roman wirkt die Großstadterfahrung als wichtiges Ferment, denn in ihr sind diese wesentlichen Symptome der modernen Erfahrung enthalten.

"Man male sich zum Vergleich nur aus, wie ein Zeitgenosse Goethes oder ein Mensch des Biedermeier seinen Tag in Stille verbrachte, und durch welche Mengen von Lärm, Erregungen, Anregungen heute jeder Durchschnittsmensch täglich sich durchzukämpfen hat, mit der Hin- und Rückfahrt zur Arbeitsstätte, mit dem gefährlichen Tumult der von Verkehrsmitteln wimmelnden Straßen, mit Telephon, Lichtreklame, tausendfachen Geräuschen und Aufmerksamkeitsablenkungen. Wer heute zwischen dreißig und vierzig Jahre alt ist, hat noch gesehen, wie die ersten elektrischen Bahnen zu fahren begannen, hat die ersten Autos erblickt, hat die jahrtausendlang für unmöglich gehaltene Eroberung der Luft in rascher Folge mitgemacht, hat die sich rapid übersteigernden Schnelligkeitsrekorde all dieser Entfernungsüberwinder, Eisenbahnen, Riesendampfer, Luftschiffe, Aeroplane miterlebt ... Wie ungeheuer hat sich der Bewußtseinskreis jedes einzelnen erweitert durch die Erschließung der Erdoberfläche und die neuen Mitteilungsmöglichkeiten: Schnellpresse, Kino, Radio, Grammophon, Funktelegraphie." (3)

Die Erfindungen neuer Techniken und Organisationsformen und die alltäglichen Innovationsreize einer sich dynamisch entwickelnden Gesellschaft kulminieren in den Großstädten. Hier machen sich die Übermächte der Gesellschaft besonders deutlich. Der Philosoph und Soziologe Georg Simmel spricht in diesem Zusammenhang von der "Atrophie der individuellen durch die Hypertrophie der objektiven Kultur", wodurch die Individuen entwertet werden.

"Jedenfalls, dem Überwuchern der objektiven Kultur ist das Individuum weniger und weniger gewachsen. Vielleicht weniger bewußt, als in der Praxis und in den dunklen Gesamtgefühlen, die ihr entstammen, ist es zu einer quantité négligeable herabgedrückt, zu einem Staubkorn gegenüber einer ungeheuren Organisation von Dingen und Mächten, die ihm alle Fortschritte, Geistigkeiten, Werte allmählich aus der Hand spielen und sie aus der Form des subjektiven in die eines rein objektiven Lebens überführen. Es bedarf nur des Hinweises, daß die Großstädte die eigentlichen Schauplätze dieser, über alles Persönliche hinauswachsenden Kultur sind. Hier bietet sich in Bauten und Lehranstalten, in den Wundern und Komforts der raumüberwindenden Technik, in den Formgebungen des Gemeinschaftslebens und in den sichtbaren Institutionen des Staates eine so überwältigende Fülle kristallisierten, unpersönlich gewordenen Geistes, daß die Persönlichkeit sich sozusagen dagegen nicht halten kann. Das Leben wird ihr einerseits unendlich leicht gemacht, indem Anregungen, Interessen, Ausfüllungen von Zeit und Bewußtsein sich ihr von allen Seiten anbieten und sie wie in einem Strome tragen, in dem es kaum noch eigener Schwimmbewegungen bedarf. Andererseits aber setzt sich das Leben doch mehr und mehr aus diesen unpersönlichen Inhalten und Darbietungen zusammen, die die eigentlich persönlichen Färbungen und Unvergleichlichkeiten verdrängen wollen." (4)

Die Großstädte als Schauplätze der objektiven Kultur, in denen das Leben der Epoche sich zusammendrängt, werden zu Werkstätten der Wirklichkeitsdarstellung für den modernen Romancier. Neben der Entwicklungslinie der essayistischen Reflexionsromane Brochs, Musils und auch Flakes tritt der Großstadtroman als spezifische Form des modernen Romans in den Vordergrund. In den Romanen "Manhattan Transfer" von Dos Passos, "Ulysses" von James Joyce, "Berlin Alexanderplatz" von Alfred Döblin und "Tauben im Gras" von Wolfgang Koeppen dient die Großstadt als Organonmodell für die Erfassung der Totalität der Epoche.

IV. Zum Begriff "Großstadtroman"

Nicht die Tatsache, daß eine Großstadt Schauplatz des Romangeschens wird, erlaubt es uns schon von einem Großstadtroman zu reden. So bildet in Clara Viebigs Roman "Das tägliche Brot" (1901) die Stadt Berlin nur einen sozialen Hintergrund für das eigentliche Romanthema. In naturalistischer Absicht werden in diesem Roman die mißliche Lage des konkurrenzbedrohten Kleinbürgertums und das elende Leben der Hausangestellten geschildert.

Nicht eindeutig genug hat sich Karl Riha in seinem Buch "Die Beschreibung der Großen Stadt" geäußert, wenn er unter dem Begriff Großstadtroman "Kein starres Modell, sondern Tendenzen, Bewegungen" versteht, "die auf verschiedenen Bahnen, mit verschiedener Vehemenz und Stärke - im letzten Viertel des 19. anders als im ersten Viertel des 20. Jahrhunderts - auf die Darstellung der Großstadt in Erzählung und Roman drängen. Innerhalb dieser Bewegungen stehen, was die deutsche Literatur angeht, Fontane und Döblin nur an besonders exponierter Stelle". (1)

Eine derartige Bestimmung von "Großstadtroman" verharrt im Unverbindlichen und vernachlässigt eine eindeutige Festlegung. Folglich muß sie auch die fundamentalen Unterschiede der verschiedenen Spezies "Gesellschaftsroman" und "Großstadtroman" einebnen. In den Berliner Romanen Fontanes, z. B. in "Irrungen Wirrungen" (1887), ist Berlin der Schauplatz der Romanhandlung. Dort demonstriert Fontane an den Nutznießern und Privilegierten die Härte und Inhumanität der Gesellschaft, die Widersprüche von individueller Selbstentfaltung und der Macht der gesellschaftlichen Konvention. Fontanes ureigenstes Thema ist der Konflikt zwischen Individualität und gesellschaftlicher Norm. Seine Konfliktromane sind zugleich Gesellschaftsromane. Die Szenerie seiner Romane ist freilich meist die Stadt Berlin. Die Berliner Salons sind der Ort, die Gesellschaft aber das Thema seiner Romane.

Dagegen ist aber im modernen Großstadtroman die Stadt in ihrer Totalität und dinglichen Übermacht zu jeder Zeit präsent. Sie okkupiert das Romangeschehen und bildet die Existenzbedingung aller auftretenden Personen. Jenseits der Straßen der Stadt ist das Leben der Figuren nicht denkbar, und der einzelne erfährt sich als ein Teilchen des universalen Großstadtlebens. Die Großstadt als "Condicio sine qua non" führt die Figuren zusammen und prägt die Erfahrungsstruktur des Subjekts.

V. Alfred Döblin: "Berlin Alexanderplatz" (1929)
Die Liquidation der Bildungsgeschichte in der chaotischen Faktizität der Großstadt

Die Faszination, die von dem wohl bekanntesten Roman A. Döblins ausgeht, ist an der Forschung nicht spurlos vorübergegangen.

Das Potential, das dieser Roman für die verschiedensten Interpretationsansätze in sich birgt, macht ihn zu einem ergiebigen Objekt zahlreicher Fragestellungen. Vielfach ist das Phänomen der neuartigen epischen Sprache untersucht und mit entsprechenden Formen des modernen Romans verglichen worden; außerdem wurde dieser Roman als bedeutendster deutscher Großstadtroman modernen Stils gewürdigt, (1) um nur einige Möglichkeiten anzudeuten.

Der Segmentierung in zahlreiche Themenaspekte soll hier mit einer Interpretation widerstanden werden, die den Roman als organisierte Einheit von Darstellungsmittel und zugrundeliegendem Stoff begreift. Es gilt, die ausgeprägt variationsreichen Erzähltechniken dieses Romans nicht nur zu beschreiben, sondern mit ihrem Darstellungsgegenstand zu vermitteln. So gerät das Formarsenal nicht zu einer zufälligen Einkleidung der erzählten Inhalte und bleibt keine bloße Formkonvention, sondern ist selbst als ein im Roman sedimentierter Inhalt zu begreifen. (2)

Dem Vorhaben, den Roman als einheitliches poetisches System zu deuten, verleiht der Untertitel eine nicht unmerkliche Brisanz. Der Roman erhebt zweierlei Ansprüche: Zum einen soll von einem Großstadtraum rund um den Alexanderplatz in Berlin erzählt werden, zum anderen wird die Geschichte von Franz Biberkopf angekündigt. Diesen Untertitel mußte A. Döblin - so geht es aus den Selbstzeugnissen hervor - auf Betreiben seines Verlegers nachträglich dazusetzen. (3) Es scheint von vornherein also fraglich zu sein, ob die beiden Erzählobjekte sich deckungsgleich zueinander verhalten. Der epischen Extension eines Großstadtromans wird die Geschichte eines einzelnen einverleibt. Die Problematik dieser Zuordnung und ihre Konsequenzen sollen hinreichend untersucht werden.

Im Untertitel des Buches wird an die Tradition des Bildungsromans angeknüpft, in dem die Geschichte eines einzelnen einen allgemeinen Lebens- und Weltzustand repräsentiert. Anhand einer genauen Analyse der Lebensgeschichte des Franz Biberkopf wird sich erweisen müssen, ob sich die Gesamtheit der epischen Welt in dieser Bildungsgeschichte darstellen und zu einer Einheit zusammenschließen läßt, oder ob das Strukturmodell des Romans ein anderes ist.

Die Rekonstruktion dieser Geschichte ist zugleich deren Kritik nach Maßgabe des normbildenden biographischen Strukturmodells des Bildungsromans.

1. Rekonstruktion und Kritik der Bildungsgeschichte

1.1 Disposition und Anspruch der Hauptfigur

Das vorangestellte Proömium zeigt die Formation eines Bildungsromans an. Es enthält einen kurzen Abriß über den Kampf des F. Biberkopf mit "etwas, das von außen kommt, das unberechenbar ist und wie ein Schicksal aussieht". (S. 7) Es bleibt noch ungewiß und unbegriffen, was ihn "stößt", "schlägt" und "torpediert". (S 7) Jedoch das Ende dieser "Gewaltkur" (S. 7) wird vorausgenommen: Die Hauptfigur steht wieder am Alexanderplatz, aber deutlich vom schweren Lebenskampf gezeichnet. Der Grund dessen, was ihm widerfährt, soll sein Lebensplan sein, der verblüffend widersprüchliche Eigenschaften aufweist: "hochmütig und ahnungslos, frech, dabei feige und voller Schwäche". (S. 7) An einer späteren Stelle wird die Auflösung dieser widersprüchlichen Kennzeichnung im Rückgriff möglich sein. Im Proömium ist die Lebensgeschichte des F. Biberkopf grob umrissen, das Ergebnis knapp angedeutet. So richtet sich die Spannung des Lesers, der eingeladen wird, diese beispielhafte Geschichte zu verfolgen, auf das "Wie" der Vorgänge und Geschehnisse. Der Erzähler hat sich als einer zu erkennen gegeben, der über diese Geschichte verfügt und von einem "posterioren" Erzählerstandpunkt seine Geschichte didaktisch zubereitet. Er läßt es sich nicht nehmen, sich in das epische Geschehen einzuschalten und kommentierend einzugreifen. Jedes der neun Bücher leitet er mit einem Prolog in Bänkelsängermanier ein, erteilt Lob und Tadel und ordnet rückblickend und vorausblickend seinen Stoff.

Das erste Buch beginnt mit der Entlassung F. Biberkopfs aus der Haftanstalt. Die Tore des Tegeler Gefängnisses sind hinter ihm zugeschlagen; vor ihm breitet sich das großstädtische Leben Berlins aus. Doch Franz bewegt sich nicht von der Stelle. "Der schreckliche Augenblick war gekommen (schrecklich, Franze, warum schrecklich?), die vier Jahre waren um. Die schwarzen eisernen Torflügel, die er seit einem Jahre mit wachsendem

Widerwillen betrachtet hatte (Widerwillen, warum Widerwillen), waren hinter ihm geschlossen." (S. 8)

Es meldet sich die Stimme einer erzählerischen Instanz, die aus der Perspektive der in Rede stehenden Person diese selbst anspricht, Fragen stellt, Kommentare abgibt und sich in die inneren Vorgänge der erzählten Person einmischt. Der Erzähler hat sich von einem olympischen, alles überblickenden Standort, der sich besonders in den Prologen kundtut, in das augenblicklich vergegenwärtige epische Geschehen herabgeschwungen. Er begibt sich auf das Niveau seiner Hauptfigur und spricht in anteilnehmender Sorge zu ihr - notiert in parenthetischen Klammern-:

"(o Franz, was willst du tun, du wirst es nicht können)" (S. 11)

Und an einer anderen Stelle heißt es:

"(Franz, du möchtest dich doch nicht verstecken, du hast dich schon die vier Jahre versteckt, habe Mut, blick um dich, einmal hat das Verstecken doch ein Ende.)" (S. 12)

Die Reihe solcher Interventionen von seiten des Erzählers ließe sich fortführen. Die oftmalige Rollenreflexion des Erzählers in Sachen Franz Biberkopf und sein blitzartiges Auftauchen aus dem Strom epischen Geschehens zeugen von der teils latenten, teils sichtbaren Omnipotenz des Erzählers. Indem er sich oftmals in den Innenraum der Hauptfigur einnistet, bleibt dieser jedoch eine ästhetische Geschlossenheit ihres individuellen Seins versagt.

Franz Biberkopf ist nun in die Straßenbahn eingestiegen. Es schmerzt in seinem Kopf; ein Gewirr von optischen und akustischen Eindrücken dringt auf ihn ein:

"Zwölf Uhr Mittagszeitung', 'B. Z.' 'Die neueste Illustrierte', 'Die Funkstunde neu', 'Noch jemand zugestiegen?' Die Schupos haben jetzt blaue Uniformen." (S. 8 f)

"Was war denn? Nichts. Haltung, ausgehungertes Schwein, reiß dich zusammen, kriegst meine Faust zu riechen. Gewimmel, welch Gewimmel. Wie sich das bewegte. Mein Brägen hat wohl kein Schmalz mehr, der ist wohl ganz ausgetrocknet. Was war das alles. Schuhgeschäfte, Hutgeschäfte, Glühlampen, Destillen. Die Menschen müssen doch Schuhe haben, wenn sie so rumlaufen, wir hatten ja auch eine Schusterei, wollen das mal festhalten. Hundert blanke Scheiben, laß die doch blitzern, die werden dir doch nicht bange machen, kannst sie ja kaputt schlagen, was ist denn mit dir, sind eben blankgeputzt." (S. 9)

Franz versucht, seine Eindrücke in der für ihn noch neuen Welt zu bewältigen und sich der Bedrohlichkeit der Dingwelt zu entledigen. Unmittelbar vergegenwärtigt werden die Sprachprozesse, die im Innern Biberkopfs ablaufen. Ohne logische Vorstrukturierung, gleichsam in statu nascendi, aktualisiert sich das innere Reden in assoziativen und additiven Gedankenfolgen, welche ihrem Wesen nach parataktisch angeordnet sind. Dieser stream of consciousness läßt sich nicht mehr in ein hypotaktisches, straff gegliedertes Satzsystem pressen, da dieser Bewußtseinsstrom sich sprunghaft, an verschiedenen Gegenständen sich entzündend, voranbewegt. Im unmittelbaren Erleben wird die Realität besprochen. Sensitive Eindrücke von der Wirklichkeit halten den Gedankenfluß in Gang und führen ihn hin zu anderen Gegenständen. Von den Schuhgeschäften zu den Destillen und hin bis zu den hundert blanken Scheiben durchzieht die Dingwelt Franzens Bewußtsein und intoniert diese sprunghafte Sprachbewegung. Bruchstücke der empirischen Wirklichkeit werden hier, unmittelbar erlebt, in einen inneren Bewußtseinsraum eingeschmolzen. So bleibt die Außenwelt kein selbständiges Gebilde, sondern sie wird in Bewußtseinsvorgänge umgewandelt. Gleichzeitig prägt sie ihre Inhalte einem nach außen hin geöffneten seelischen Innenraum ein. Diesen machtvollen Einbruch der Dinge in den Innenraum der Person kennzeichnet die Form der erlebten Rede. (4)

Zur Technik des Erzählens in diesem Roman gehört aber auch das merkwürdige, indifferente Ineins von Erzählbericht und erlebte Rede. Die Berichtform wird oft auf die notwendigsten Mitteilungen beschränkt und mit erlebter Rede derart durchsetzt, daß oft nicht mehr zu unterscheiden ist, wo erlebte Rede anfängt, wo sie aufhört, wo erzählte fiktive Wirklichkeit vom Erzähler verbürgt ist, wo sie wiederum in Bewußtseinsvorgängen der Figuren produziert wird. Die erlebte Rede bewerkstelligt, daß die Auseinandersetzung mit den Dingen der Objektwelt unmittelbar im Innern der Person stattfindet und ohne einen mediatisierenden Erzähler zur unmittelbaren Darstellung gelangt. Immer wieder wird der Erzählerbericht durch die erlebte Rede aufgesprengt. (vgl. S. 9)

Ebenso unmerklich geht die erlebte Rede in den inneren Monolog über. Der Indikativ der 3. Person wechselt sich oft ab mit der Ich-Form der 1. Person im Präsens. Beide Erzähltechniken dienen der Innenschau und verdeutlichen an der Hauptfigur Biberkopf die spontane, fragmentarische Gedankenbewegung. (vgl. exemplarischer Textabschnitt S. 253-254)

Die Menschenmassen in der Großstadt erscheinen dem in die Gesellschaft zurückkehrenden F. Biberkopf oft als äußere Fassade, als erstarrte Dingwelt.

Die Umwelt befindet sich aus der Sicht des Subjekts im Zustand der Erstarrung. Die atomisierte Außenwelt, bar jeglichen Sinns, tritt ihm als zweite Natur gegenüber. (5) Gleichzeitig kommen F. Biberkopf die fremdgewordenen Dinge aufdringlich nahe. Es durchfährt ihn ein Schock, als er, dicht am Kneipenfenster stehend, einigen Menschen beim Essen zusieht. Alltägliche Vorgänge befreien sich aus ihrem üblichen Zusammenhang und erhalten eine andere Benennung. (vgl. das wiederkehrende Motiv der rutschenden Dächer S. 10/11/81/113)

F. Biberkopf irrt durch die Straßen Berlins. Stereotyp wiederholen sich in seinem Bewußtsein Gefängnisvorschriften, Tagesordnungspunkte, mit Essenszeit und Arbeitszeit aus seiner Haftzeit in Tegel. Die Gefängnisordnung als die Ordnung des Immergleichen durchzieht kontrastierend Franzens Hirn, während er selbst "kopflos" durch die Straßen Berlins zieht. Selbst als er bei den Juden einen vorläufigen Unterschlupf gefunden hat, ist in ihm immer noch die Gefängnisordnung gegenwärtig. Bezeichnenderweise heißt die Überschrift dieses Kapitels: "Noch immer nicht da". (S. 12) Die Tatsache, daß Franz eben aus dem Gefängnis kommt, ist erzählerische Vorbedingung für sein "Noch-Nicht-Dasein". Er kann weder ins Gefängnis zurück noch hat er in Berlin einen festen Aufenthalt. Ohne Erfahrungen im faktischen Lebensvollzug, ohne Bindungen und Zugehörigkeit zu einem bestimmten sozialen Kontext hat er noch keinen Platz für sich in der Welt. Er ist "in einem barbarischen Sinn nur Mensch". (6)

Biberkopfs Leben ist zu diesem Zeitpunkt nicht verankert in einer sozialen Figuration, in einer bestimmten Gruppe von Menschen; er hat keinen Anknüpfungspunkt in dieser Welt und zu dieser Welt. Er regrediert vielmehr zu einem bloß animalischen Verhalten. Er seufzt, ächzt, stöhnt, grunzt, ballt in Ab-wehrhaltung die Hände in den Taschen zusammen, und aus seiner Brust kommt "ein trauriges, brummendes oh, oh". (S. 10) Er flüchtet von der Straße weg in einen Hausflur und beginnt schallend gegen die Wände zu singen, bis er schließlich von einem Juden in dessen Stube mitgezogen wird. Franz stöhnt und winselt weiter, bis sich wiederholt der Erzähler, seine Hauptfigur ansprechend, meldet:

"(Winseln ist kostenlos, winseln kann ne kranke Maus auch.)" und weiter heißt es: "(Stöhnen kann n krankes Kamel auch.)" (S. 15)

Biberkopfs Regression zu einem bloß instinktiv animalischen Verhalten wird hier abermals deutlich. Nachdem ihm die lehrreiche Geschichte vom Schicksal des Zannowich erzählt worden ist, betritt Franz etwas gefestigt wieder die Straße. Angeregt durch den Besuch eines Kinofilms, begehrt er ein Weib. "Wat machen wir? Ick bin frei. Ick muß ein Weib haben." (S. 25) Die Frage danach, was zu machen sei, ist symptomatisch für F. Biberkopf. Für den, der nirgendwo integriert und zuhause ist, öffnet sich die Welt als Raum für die mannigfaltigsten Möglichkeiten. In der Tat ist der frei, dessen Leben nicht auf ein bestimmtes und beschränktes Betätigungsfeld ausgerichtet und hinstrukturiert ist, dessen Leben keinen Lebenskontext besitzt. Doch einem solchen Leben ist ebenfalls der Zufall inhärent. Zufällig ist im Raum der unbegrenzten Gelegenheiten, im Raum der Großstadtwelt, die Wahl des begehrten Objekts:

"Ick muß ein Weib haben" - und dann sieht Franz "an der Ecke Kaiser-Wilhelm-Straße hinter den Marktwagen schon eine, neben die er sich gleich stellte, egal was für eine". (S. 25)

Biberkopfs späteres physisches Versagen beim Liebesakt wird durch die eingeschobenen Texte in einen anderen Sprachbereich transponiert. Von seinem privaten Versagen wird abstrahiert, es wird als medizinisches Faktum beschrieben. Durch die einmontierten Texte wird neben dem Romangeschehen eine zweite Sprachebene gewonnen, nämlich die der wissenschaftlichen Terminologie. Die wissenschaftliche Definition eines schon im Romangeschehen verhandelten Sachverhalts sprengt den faktischen Handlungsverlauf und eröffnet eine neue Dimension. Diese Technik der Einfügung von sprachlichen Dokumenten in den Text ist in einem anderen Zusammenhang noch zu erörtern.

Nach seinen kläglichen ersten Erfahrungen zieht sich Franz zurück:

"Und frißt sich satt und schläft sich aus" (...) "und frißt sich wieder satt und säuft". (S. 29)

Das wahllose Zugreifen nach begehrten Objekten kehrt sich nun in eine Phase des "Zeittotschlagens" um. Das scheinbar Gegensätzliche gehört doch zusammen. Beide Lebensformen künden von einem Menschen, der bisher vergeblich sucht, "wo sich etwas findet in der Welt". (S. 13) Ziellos irrt Biberkopf durch die Straßen Berlins, bis es ihn eines Tages instinktiv dorthin treibt, wo er einst mit Ida gewohnt hat, bevor er sie umbrachte und deswegen ins Gefängnis gesteckt wurde. Dort trifft er Idas Schwester Minna an. In ihr entdeckt er Ida wieder. Als er Minna umarmt, hat er ein Stück seines Lebens wiedergefunden. Er besucht Minna noch einige Male, bis er schließlich von ihrem Mann endgültig fortgewiesen wird.

"Dann hat er sich vier Wochen lang den Bauch mit Fleisch, Kartoffeln und Bier vollgeschlagen ..." (S. 35)

Die leere Zeit des Nichtstuns wird prägnant zusammengefaßt. Über die Lebensstufe der materiellen Bedürfnisbefriedigung ist F. Biberkopf noch nicht hinausgeschritten.

Die einzige Anlaufstelle in dieser Welt sind für ihn die Juden, welche bezeichnender Weise selbst zu den Ausgestoßenen der Gesellschaft zählen. Dort wurde ihm bereits die Geschichte von Stefan Zannowich erzählt, "der wußte, wie wenig man sich vor Menschen fürchten muß". (S. 18) Diese Geschichte ist ausgerichtet auf den desolaten Zustand von F. Biberkopf und besitzt propädeutischen Gehalt für seinen Lebensweg. Sie soll ihm die Augen öffnen und ihm Erfahrungen vermitteln, die ihm so sehr fehlen. Durch den langen Gefängnisaufenthalt vom Leben ausgeschlossen, ist Franz der Stadt Berlin und dem Abenteuer "Leben" ausgesetzt, ohne über einen reichen Erfahrungsschatz eines faktischen Lebens zu verfügen. Als er wieder bei den Juden vorstellig wird, erzählt man ihm die "Ballgeschichte". Sie hat ebenfalls propädeutische Funktion. Das Gleichnis vom Ball, der nicht immer dorthin fliegt, wohin er soll, der sein Ziel verfehlt, löst bei Franz nicht die beabsichtigte Reaktion aus. Er schlägt alle Sorgen und Mahnungen in den Wind.

"Anständig bleiben und for sich bleiben. Das ist mein Wort." (S. 53)

Dies sagt F. Biberkopf später zu seinem Kollegen Meck. Die Meinung, daß sein Leben nur seines ist, daß er, auf nichts und niemanden angewiesen, seinen Weg gehen kann, ist Franzens große Fehleinschätzung und führt zu seiner gar komischen Kraftmeierei. Darin besteht die Dialektik der Formel "Anständigsein", daß sie einerseits als ein Schutzpanier gegen die Welt fungiert, andererseits in der Illusion gründet, durch dieses Versprechen nun voll und ganz über seine Leben zu verfügen. Dies wiederum kann nur Ahnungslosigkeit und Hochmut sein, weil ihm - wie sich zeigen wird - die Bedingungen seines Lebens von außen diktiert werden. So löst sich rückblickend die widersprüchliche Kennzeichnung seines Lebensplanes im Proömium auf: ... "hochmütig und ahnungslos, frech, dabei feige und voller

Schwäche". (S. 7) An Biberkopf, der sich schützen will vor der Welt, soll eine Gewaltkur vollzogen werden. Schon die ersten Szenen zeigen ihn leidend und hilflos umherirrend und bestätigen nur den Wahnwitz seiner späteren Feststellung am Ende des ersten Buches: "mein Ball fliegt gut, Sie!" (S. 36) Es ist nur Ironie des Erzählers, wenn er mit der Frage spielt, "ob wir nicht einfach aufhören sollen". (S. 37) Doch der Widerspruch zwischen dem, was Franz von seinem Leben meint und dem, was er de facto erfährt, muß expliziert werden. Die Lebensgeschichte von Franz Biberkopf wird weitererzählt als Exempel für die Inkompatibilität des Anspruchs auf ein eigenständiges, autonomes Leben mit den faktischen Lebensbedinungen. Biberkopfs eigentlicher Lebensweg beginnt erst im zweiten Buch, nachdem er im ersten Buch zurück nach Berlin gebracht worden ist und dort seine ersten Erfahrungen gemacht hat.

F. Biberkopf wird vor die Instanz des kommentierenden, auktorialen Erzählers zitiert, der an ihm ein Exempel statuieren will;

"Ich habe ihn hergerufen zu keinem Spiel, sondern zum Erleben seines schweren, wahren und aufhellenden Daseins." (S. 37) Und dann fährt der Erzähler in omniszienter Attitüde fort: "Ihr werdet sehen, wie er wochenlang anständig ist. Aber das ist gewissermaßen nur eine Gnadenfrist." (S. 37)

Die Vorausdeutung der Gnadenfrist, die ihm das Leben läßt, reflektiert genau die schon erwähnte Fehleinschätzung Biberkopfs, welcher glaubt, daß er nun nicht mehr vom Schicksal malträtiert wird.

1.2. Entwurf der Großstadtumwelt

Der nächste größere Abschnitt ist betitelt: "Franz Biberkopf betritt Berlin". (S. 38) Aber nicht Franz, sondern die Stadt Berlin selbst beherrscht die Szene, hübsch aufgereiht mit den dazugehörigen Wappen und Emblemen: Handel und Gewerbe, Stadtreinigungs- und Fuhrwesen, Gesundheitswesen, Tiefbau, Kunst und Bildung, Verkehr, Sparkasse und Stadtbank, Gaswerke, Feuerlöschwesen und schließlich Finanz- und Steuerwesen. Die Stadt wird im Aufriß präsent durch die Nennung ihrer Institutionen. Die Funktionszusammenhänge der Großstadt Berlin werden nicht beschrieben oder gar analysiert, sondern nur benannt. In deiktischer Geste werden die bestehenden öffentlichen Institutionen aneinandergereiht. Sie werden nicht zum Gegenstand der beschreibenden Sprache gemacht, die an ihnen

Eigenschaften, Merkmale oder prozessuale Zusammenhänge fixiert. Nähere sprachliche Unterscheidungen und Prädikationen, die zur Orientierung in der Welt dienen und die Dinge in einen für den Menschen übersichtlichen und verstehbaren Zusammenhang bringen, werden nicht getroffen und offensichtlich gar nicht bezweckt. "So dient das Wort nicht der Materie, es schildert oder beschreibt nicht, sondern es ist bereits die Wirklichkeit selbst"; (7) Durch die bloße Nennung sind die Dinge in den Worten existent und betreten die Szene, in welcher der Erzähler F. Biberkopf angekündigt hat. Es folgen weiterhin drei aus ihrem größeren Zusammenhang entrissene Textstücke. Bei den letzten beiden wird dieses "Losgerissensein" sinnfälliger Weise durch einen Auslassungsstrich nachgebildet. Es sind jeweils behördliche Kundmachungen. Einmal geht es um die Offenlegung eines Grundstücksplanes, ein andermal um die Abschußgenehmigung von wilden Kaninchen und schließlich um die Niederlegung eines Ehrenamtes durch den Kürschnermeister Albert Pangel. Gemeinsam ist diesen Texten ein ausgeprägter Behörden- und Amtsjargon mit den erforderlichen genauen Orts- und Zeitangaben. Mit dieser Behördensprache wird zugleich ein neuer Wirklichkeitsausschnitt erschlossen: Die Verwaltungsbürokratie einer komplex gewordenen Gesellschaft, wie sie sich im 20. Jh. etabliert. Als diffuse Bruchstücke der Wirklichkeit prallen die drei Textstücke als vorfabriziertes Sprachmaterial unvermittelt im literarischen Text zusammen. Die Wirklichkeit ist fragmentarisch in Sprache zurückübersetzt und taucht nun selbst als sprechende auf. Sie bietet kein kohärentes Gebilde sondern es kommt zusammen, was per se nicht zusammengehört, wie aus den besprochenen Textstücken deutlich wird. Die vom Autor einmontierten sprachlichen Dokumente - dazu gehören auch die bereits erwähnten medizinischen Abhandlungen im ersten Buch - sind beliebig ausgewählte Versatzstücke aus der Wirklichkeit. Sprache baut hier keine fiktive literarische Wirklichkeit auf und leistet keine erzählerische Fiktion mehr. Die Worte sind hier selbst zu Realien geworden.

Im nächsten Abschnitt ist der Wetterbericht für Deutschland notiert. Bei den "Wetteraussichten für Berlin und weitere Umgebung" (S. 40) wird abrupt abgebrochen und der Fahrplan der Elektrischen Nr. 68 eingefügt:

"Rosenthaler Platz, Wittenau, Nordbahnhof, (...) Lichtenberg, Irrenanstalt Herzberge". (S. 40)

Die Zitierung des Fahrplans entzündet sich an der Nennung der Nr. 68. Ist die Rede von einer bestimmten Elektrischen, so folgt oft prompt der gesamte Fahrplan (vgl. S. 46 u. S. 349). In der Auflistung der verschiedenen

Haltestellen wird das Raumkontinuum erweitert. Verbunden werden die verschiedenen Orte durch die Straßenbahnlinie 68, ansonsten stehen sie in keiner Vermittlung zueinander. Es wird nur immer wieder darauf verwiesen, was es in Berlin alles gibt. Es folgen weitere Informationen über Fahrpreise und richtiges Fahrverhalten. Was in Erfahrung gebracht wird, ist der Text einer Anschlagtafel. Daran schließt sich ein kurze Momentaufnahme vom Rosenthaler Platz. (S. 41) In parataktischen Satzgliedern wird ein rascher Ablauf zusammengefaßt: Ein Mann mit Paketen, eine leere Autodroschke, ein Straßenbahnkontrolleur und ein Schupo sind die Akteure dieser Augenblicksaufnahme. Die Schilderung dieser kurzen Szene ist nicht mehr episch, sonder sie ist filmisch. Wahrnehmung und Wahrgenommenes fallen zugleich ineins. Der Blick, der auf diese Szene fällt, verwandelt sich direkt in die Sprache zurück. Die Sprache redet "weder über das Sehen noch über das Gesehene, sondern sie spricht sehend; was sie spricht, ist das Gesehene. Nach dem Punkt ist das Gesehene entschwunden und vorbeigezogen." (8) Der Abschnitt endet mit dem lapidaren Satz: "Der hat aber mal Schwein gehabt mit seine Pakete." (S. 41) Zweifellos ist dies ein Kommentar, ohne daß der Kommentator genannt wird. Die Sprache läßt sich zwar vom Berliner Jargon affizieren, ab sie gibt keinen bestimmten Sprecher heraus. Notierend und stenographierend springt sie abrupt von einem Gegenstand zum andern. So auch in der folgenden Passage:

"Diverse Fruchtbranntweine zu Engrospreisen, Dr. Bergell, Rechtsanwalt und Notar, Lukutate, das indische Verjüngungsmittel der Elefanten, Fromms Akt, der beste Gummischwamm, wozu braucht man die vielen Gummischwämme." (S. 41)

Wie der Lichtkegel eines Scheinwerfers, der über zufällig angeordnete Gegenstände schweift, notiert die Sprache Werbeslogans, Namensschilder und ähnliches. Der disparaten Mannigfaltigkeit der Welt nähert sich die Sprache im asyndetischen Satzverlauf an. Kein weit gespannter Bogen der Beschreibung erfaßt die empirische Welt in einer geordneten, strukturierten Syntax. Die in den Blick geratenen unzusammenhängenden Teilstücke der Wirklichkeit zerschlagen - weil sie selbst keine Einheit bilden - eine einheitliche Satzstruktur. In der Technik der literarischen Collage, deren Formprinzip die Heterogenität der Teile ist, bringt der Autor die epische Welt als Raum von gleichzeitig präsenten heterogenen Realien zur Anschauung. Der Autor erfindet dabei nicht die epische Welt mittels seiner freien Phantasie, sondern er fügt sie neu zusammen aus bereits bestehenden sprachlichen Fertigteilen, aus vorgegebenen Texten. (9) In unserem Fall sind es

Werbetexte, Namensschilder, Geschäftsauslagen, Fahrpläne, öffentliche Bekanntmachungen usw. - die Reihe ließe sich noch weiter fortführen. Zu dem Verfahren, die vielfältigen Einrichtungen und Phänomene der Großstadtwelt sichtbar zu machen, gehört auch die folgende Auflistung des AEG Konzerns und seiner zahlreichen Niederlassungen. Nichts wird dabei ausgesagt über das Wesen und den wahren Sachzusammenhang der AEG-Werke. Sowenig wie die Aufreihung vermöchte eine Photographie das "ens realissimum" des AEG-Unternehmens aufzuzeigen. (10) Dies scheint hier auch nicht intendiert zu sein. Die Nennung der AEG-Werke verweist nur auf die der unmittelbaren Einsicht verborgenen komplexen Zusammenhänge, ohne sie zu erklären. Es schließen sich nun belanglose, in der Invalidenstraße lokalisierte Gesprächsfragmente an. So wie in der zuletzt zitierten Stelle das Geschehene, so wird hier das Gehörte notiert. Wer an diesen Gesprächen teilnimmt, wieviele es sind, bleibt ungewiß. Festgehalten werden in der Sprache akustische Ereignisse als isolierte Bruchstücke des großstädtischen Kommunikationschaos. Mit der anschließenden Erwähnung der Rosenthaler Straße und der Elsässer Straße sind wieder Werbetexte, Anzeigen und Informationen einer Bank kunterbunt zusammengefügt. Das nun folgende längere Textstück bringt eine neue Variante:

"An der Haltestelle Lothringer Straße sind eben eingestiegen in die 4 vier Leute, zwei ältliche Frauen, ein bekümmerter einfacher Mann und ein Junge mit Mütze und Ohrenklappe. Die beiden Frauen gehören zusammen, es ist Frau Plück und Frau Hoppe. Sie wollen für Frau Hoppe, die ältere, eine Leibbinde besorgen, weil sie eine Anlage zum Nabelbruch hat. (...) Der Mann ist der Kutscher Hasebruck, der seine Plage hat mit einem elektrischen Bügeleisen, das er für seinen Chef alt und billig gekauft hat. (...) Der Junge; Max Rüst, wird später Klempner werden, (...) mit 52 Jahren wird er ein Viertel-Los in der Preußischen Klassenlotterie gewinnen, darauf sich zur Ruhe setzen und während eines Abfindungsprozesses mit der Firma Hallis und Co. mit 55 Jahren sterben. Seine Todesanzeige wird lauten: Am 25. November verschied plötzlich (...) - Jetzt ist dieser Max Rüst 14 Jahre alt, gerade aus der Gemeindeschule entlassen." (...) (S. 42 f)

Der Blick richtet sich minutiös auf vier Menschen, die gleichzeitig in die Straßenbahn eingestiegen sind. Die Informationen, die über diese Menschen gegeben werden, speisen sich nun nicht mehr aus Gesprächsfetzen oder aus szenisch-optischen Fragmenten, sondern aus einer unumgrenzten erzählerischen Instanz. Hier tut sich ein allwissender Erzähler kund: Er weiß genau Bescheid über das Vorhaben der beiden Frauen und über die

Querelen des Kutschers Hasebruck mit seinem Bügeleisen. Er explixiert das Leben des 14jährigen Max Rüst, ausgehend von seinem Beruf, über Zahl der Kinder, Lotteriegewinn bis zu seinem Sterbedatum mit Todesanzeigen und Danksagungen der Angehörigen für die Trostworte bei der Beerdigung. Gerade in der minutiösen Fixierung auf ein Erzählobjekt wird die "Jetztzeit" gesprengt. Bevor in Erfahrung gebracht wird, wohin der junge Max Rüst mit der Straßenbahn fahren will, ist sein Lebens-ende schon zur Kenntnis genommen. Das Nacheinander der Zeit wird aufgehoben.

Die Allwissenheit und Weitschweifigkeit des Erzählers bewerkstelligen den Aufbau der epischen Welt. Im Medium der notierenden Sprache ist der Erzähler überall: bei Behördenbriefen, in der Straßenbahn, an Schaufenstern und Anschlagtafeln, bei den AEG-Werken, in den verschiedenen Straßen Berlins und, was Max Rüst angeht, in verschiedenen Zeiten.

Oft läßt sich der Erzähler auch in Kneipen nieder und lauscht den Gesprächen wie im folgenden Abschnitt: "Kleine Kneipe am Rosenthaler Platz". (S. 43) In knappen Regieanweisungen werden Raum und Personen skizziert, - sie sind nicht maßgebend. Es fehlen die erzählerischen Einfühlungstechniken in Raum und Personen. Die Sprechenden erhalten im Gespräch keine ästhetische Identität, sie geben sprechend ihrer Person keinen Ausdruck und charakterisieren sich nicht als unverwechselbare Persönlichkeiten, sondern sie verhelfen dem zum Ausdruck, woran sie alle als Redende partizipieren, nämlich der Berliner Umgangssprache mit ihren Idioms. Die historisch vorstrukturierte Sprachmasse des Berliner Jargons aktualisiert sich in diesen Kneipengesprächen, die in diesem Roman so zahlreich vorhanden sind. Der Dialekt mit seinen grammatikalischen Unrichtigkeiten, mit seiner Ungeschliffenheit und stilistischer Roheit ist als Sprachmaterial präsent. (11) Zum amtssprachlichen Jargon der öffentlichen Sprachdokumente gesellt sich die gesprochene Berliner Sprache. Die Sprache in ihren mannigfaltigen Ausprägungen, in ihren verschiedenen Stillagen und in ihrem unterschiedlichen Vokabular gehört zum wesentlichen Inhalt des Romanganzen. Zur epischen Szenerie, die hier aufgebaut wird, gehören ebenso die schemenhaft auftauchenden Gestalten, welche der Erzähler in kurzen Gesprächen vorführt, um sie schnell wieder in der Anonymität der Großstadt verschwinden zu lassen. Es sind dies der Kutscher Hasebruck (S. 42) ebenso wie das junge Mädchen mit der Notenmappe unter dem Arm und ein älterer Herr mit Hornbrille. (S. 46 f). Sie gehören "zum ungeheuren Kapital dessen, was der Roman zu verschweigen genötigt ist. Aber er muß sagen, was er verschweigt." (12) Hier offenbart sich die Spannung zwischen der eigentlichen 'Biberkopfgeschichte', welche nach dem Schema des Bildungsromans den Romanverlauf konstituiert, und dem vielfältigen Erzählmaterial, das sonst noch eingebracht wird. Allzuviel wird zitiert, auf kleine minutiöse Geschehnisse und Szenen fällt der durchdringende Blick des Erzählers, bevor er sich wieder seinem eigentlichen Sujet Franz Biberkopf zuwendet. Verantwortlich dafür ist die Technik der Montage, durch die beliebige Ausschnitte der Welt zusammengefügt werden. Die Montagereihe scheint unabschließbar zu sein und läßt sich beliebig fortsetzen und ausbreiten; sie "eröffnet neue, sehr epische Möglichkeiten". (13) In ihrem beliebig ausdehnbaren Herstellungsprozeß kündigt sich die Tendenz zu einem neuen Epos an, in dem sich wieder das Kollektivgeschehen durch die Anhäufung anonymer Zeugnisse aus der Großstadtmasse einen sicheren Platz erobert. In der Montage benennt und beleuchtet der Erzähler in einem umfassenden Blick die Teile der kollektiven Welt. Jedoch in der 'Biberkopfhandlung' ist der Erzählerstandort von der olympischen Höhe in die Perspektive der Hauptfigur gerutscht. Dieser Blickverengung trägt vor allem die Form der erlebten Rede Rechnung. Aber auch in der direkten Rede ist F. Biberkopf immer nur bei den Gegenständen, die ihn gerade beschäftigen. Besonders aber die erlebte Rede fördert Minutiöses aus dem Alltagsleben zutage. In ihr sedimentieren sich Bruchstücke des Erlebens eines einzelnen. Die Perspektive verengt sich dabei auf das punktuelle Gegenwärtige, mit dem sich das Subjekt auseinanderzusetzen hat. (14)

Atomisiert und bruchstückhaft kommt auch hier die Welt zum Vorschein. Während aber die Montageteile beschreiben, was in der Welt vorgeht und was es alles gibt, vermag die erlebte Rede nur das hervorzubringen, was einem einzelnen erfahrbar ist. Durch die Technik der Montage wird versucht, die Totalität der Welt präsent zu machen, wozu die Widerfahrnisse des F. Biberkopf nicht mehr ausreichen. So werden in das Handlungs- und Geschehenskontinuum der Biberkopfgeschichte immer wieder Fremdkörper eingeschossen. Die Montage, die jeweils am Anfang des zweiten, vierten, fünften und siebten Buches einen gigantischen Aufriß der Welt leistet, ist auch in der Biberkopfgeschichte am Werk. (15)

1.3. Existenzsicherung und die Attacken des Schicksals

Obwohl das vorhergehende, ausführlich besprochene Kapitel den Titel trägt: "Franz Biberkopf betritt Berlin" (S. 38), ist es nicht die Hauptfigur, welche die Szene betritt, sondern Berlin selbst, das sich in einem kaleidoskopischen

Montageaufriß darbietet. Es dauert lange, bis der Erzähler wieder sein Sujet entdeckt. Dadurch wird bereits angedeutet, daß F. Biberkopf "unter anderem rangiert", daß er nur als einer inmitten von vielen in den Blick rückt. Franz wird wieder aufgefunden, als er sich mit seinem Freund und Kollegen Meck - wie sich die beiden gefunden haben, erfährt man nicht - in einer Versammlung von Gewerbetreibenden befindet. Offensichtlich hat Franz seine letzten Ersparnisse verbraucht. Er muß nun Geld verdienen und sucht einen Job, um seine Existenz zu sichern. Prompt erwirbt er sich eine Lizenz als ambulanter Gewerbetreibender der Ortsgruppe Berlin. Nach der Versammlung geraten er und Meck in eine heftige Diskussion mit Viehhändlern. Die Szene ist eine groß angelegte Rede- und Dialogpartie. Wie auch an vielen anderen Stellen deutlich wird, ist das Gespräch eine wesentliche erzählerische Grundform dieses Romans. Der eigentlichen Romanhandlung gibt es keine Impulse, es vermag keine bestimmte Handlung zu befördern oder gezielte Wirkungen herbeizuführen. Die Inhalte der Gespräche sind punktuelle momentane Causerien und Plaudereien, die ihre eigene Dynamik entwickeln. Das Gespräch hält sich selten nur bei einem Thema auf. Es gleicht vielmehr einer Kette kunterbunter Meinungen und Lebensweisheiten, witziger Bemerkungen und berlinerischer Sentenzen. Es zielt auf kein Ende oder Ergebnis, so daß der abrupte Gesprächsabbruch der einzig adäquate ist:

"Aber aufn Kopf gefallen bin ich ja nu auch nicht. Sie standen auf." (S. 52)

In den Gesprächen brodelt der Berliner Dialekt. Nur wenige Situationsangaben des Erzählers unterbrechen seinen Verlauf. Abrupt wird auch das Gespräch zwischen Franz und seinem Freund Meck unterbrochen. Es folgt ein neuer Abschnitt.

"Die Invalidenstraße spaziert Franz Biberkopf herunter, seine neue Freundin, die polnische Lina, zieht mit ihm." (S. 53)

Inzwischen mag eine geraume Zeit vergangen sein. Die polnische Lina ist so zufällig und doch so selbstverständlich mit Franz zusammen, wie vorher sein Kollege Meck.

Im nächsten Szeneneinschnitt steht F. Biberkopf als Verkäufer von Schlipshaltern am Rosenthaler Platz. Doch nur für kurze Zeit; einige Tage später handelt er mit Sexzeitschriften, bis Lina das unterbindet. Ausschnitte aus der Boulevardpresse und aus Kitschromanen, über einen Glatzkopf und über ein blondlockiges Weib auf Schloß Kerkauen und Texte aus der Werbebranche sind in die Romanhandlung einmontiert. Durch den Einsatz von Medien und Werbeslogans wird ein Stück sprachlich verwalteter Welt vorgeführt. Die allgegenwärtige von der Gesellschaft produzierte Massenliteratur führt die Sprache als gesellschaftliches Dokument vor. "Das heißt, Sprache stellt hier nichts mehr zeichenhaft dar, was außerhalb ihrer zu vermuten wäre. Sie will nicht mehr Abbild sein, sie rekapituliert nur sich selbst." (16)

Im Medium des Gedruckten und Gesprochenen wird also die Welt vergegenwärtigt. Die Zeitungstexte mit ihren vielfältigen Informationen geben diesem Roman ein besonderes Gepräge. Sie machen deutlich, daß die Welt nicht mehr von den Erfahrungen eines einzelnen einholbar und auf ihn zentriert darstellbar ist. Die Anhäufung der Informationen aus Zeitungstexten macht deutlich, daß die private Welterfahrung letztlich unwichtig geworden ist. "Gerade die Zeitung, die eine Fülle fremder Erfahrungen verfügbar zu machen scheint, entwertet die persönliche Erfahrung und setzt an deren Stelle eine Unzahl beziehungsloser, nicht assimilierbarer Begebenheiten." (17) Biberkopf findet die Welt stets als vorformulierte auf, ob in Kitschromanen, Zeitungen oder Schaufensterauslagen. Die Omnipräsenz des sprachlich normierten und massenhaft Gedruckten macht ihn zu einem hilflosen Rezipienten. Als Franz etwas später mit völkischen Zeitungen handelt, sind auch faschistische und antisemitische Deklarationen eingefügt. Dies ist sein dritter Job binnen weniger Tage. In der Notwendigkeit, ein Auskommen zu finden, hat F. Biberkopf wider seinen Willen und unwissentlich Partei ergriffen. In einer Kneipe gerät er in Streit mit Kommunisten, die ihn als Faschisten beschimpfen. Er merkt, daß die Welt nicht so in Ordnung ist, wie er sich vorgestellt hat. Die Welt ist kein ruhiges paradiesisches Terrain, in dem jeder ruhig seiner Beschäftigung nachgehen kann, sondern die politischen Vorgänge und Entwicklungen fordern zur Entscheidung und zu einem klaren Standpunkt heraus.

Die Vergegenwärtigung des Streites wird assoziativ mit zwei kontrastierenden Motiven gekoppelt:

"Es lebten aber einmal im Paradies zwei Menschen, Adam und Eva. Und das Paradies war der herrliche Garten Eden. Vögel und Tiere spielten herum." (S. 81)

"Blut muß fließen, Blut muß fließen, knüppelhageldick." (S. 82)

Der Konflikt ist bereits präfiguriert. Franzens Wunsch, abseits aller Auseinandersetzungen für sich allein zu leben, ist wahrhaft anachronistisch. Der Streit, den er in der Kneipe heraufbeschwört, ist eine erste Warnung.

Biberkopf wechselt bald wieder die Branche. Zusammen mit seinem Kollegen Otto Lüders vertreibt er Gelegenheitsware, Schnürsenkel etc. Mühelos tauscht Franz eine Gelegenheitsarbeit mit der anderen. Die verschiedenen Jobs geben seine innere Gesinnung nicht heraus, sie sind keine Entäußerung seiner selbst, sondern gewähren ihm einen vorläufigen Unterschlupf in der Welt. Nachdem ihn Lüders mit einem Diebstahl an seiner Kundin hintergangen hat, zieht sich F. Biberkopf zurück. Zum ersten Mal ist er ein vom Leben Betroffener.

"Es war das wunderbare Paradies. (...) Da raschelte es in einem Baum. Eine Schlange, Schlange, Schlange streckte den Kopf vor, eine Schlange lebte im Paradiese." (S. 95)

In der Fortführung des Bibelmotivs wird auf den Betrug und die Hinterlist verwiesen, die archetypisch in der Gestalt der Schlange figuriert sind. Konflikte, Auseinandersetzungen und Betrügereien werden als allgemeine Sachverhalte des Lebens jeweils in den wiederholt auftretenden Motiven festgehalten.

Der erste Streich gegen F. Biberkopf ist geführt worden. Das Leben hat nicht gehalten, was Franz glaubte ihm abringen zu können. Es hat ihn mächtig angepackt: "Heute durch die Brust geschossen" (S. 95) lautet die Überschrift des entsprechenden Kapitels. Schmollend verkriecht sich Franz vor allen Menschen und bleibt lange Zeit verborgen. Währenddessen schweift der einer Kamera ähnliche Blick des Erzählers über den Alexanderplatz hin (S. 105 ff), über Autogaragen und Feuersozietät, über Schließgesellschaften und Waschanstalten, über Hinterhäuser und Gartenhäuser, bis er F. Biberkopf in einem Haus in der Linienstraße entdeckt. Doch der weitschweifige Erzähler weiß noch viel zu berichten über die Mieter dieses Hauses, über ihre Sorgen und Krankheiten und über ihren Briefverkehr, bevor er sich wieder seinem Sujet zuwendet. Diese skizzierte Erzählbewegung ist kennzeichnend für den Roman. Irgendwo trifft der Erzähler auf Biberkopf, verläßt ihn wieder, um von ganz anderen Dingen zu berichten und kehrt schließlich wieder zu ihm zurück. Um die chaotische Fülle der Weltteile einzufangen, werden große Exkursionen unternommen. Ständig ist der Erzähler auf dem Sprung von einem Einzelding zum anderen. Das Einzelne läßt er in der Aneinanderreihung immer als einzelnes zurück. Das Einzelne kann keine besondere Bedeutung gewinnen, kann nicht zu einem Besonderen werden, in dem das Allgemeine durchscheint. Das Allgemeine, die Totalität der Welt- und Lebensanschauung, wird nicht mehr in einer einzelnen Geschichte zentriert, sondern es wird in der Benennung schier unerschöpflicher Einzelheiten herzustellen versucht. (18) Der einzelne Frank Biberkopf ist der Punkt mit einer zentripedalen Anziehungskraft, auf dessen Geschichte der Erzähler immer wieder zurückkommt, von dem aus aber zentrifugale Kräfte den Erzähler an die vielen Orte der komplexen Welt und in die verschiedenen Zeiten ausschicken. Paradigmatisch für diesen Tatbestand sei folgendes Kapitel angeführt: "Ausmaße dieses F. Biberkopf. Er kann es mit alten Helden aufnehmen". (S. 84 ff)

Es findet eine Unterbrechung der Biberkopfgeschichte statt. F. Biberkopf wird dem tragischen antiken Helden Orestes gegenübergestellt. Der Fluch des von den Göttern verhängten Schicksals lastet auf Orestes. Klytämnestra, seine Mutter, hat seinen Vater, den von Troja heimkehrenden Agamemnon, erschlagen. Von Rache erfüllt, tötet später Orestes seine Mutter. Seitdem verfolgen ihn die Rachegöttinnen, die Erinnyen. Orestes als Archetyp des unter seinem Schicksal leidenden Menschen gibt das mythische Muster für F. Biberkopf ab. Hilflos steht auch dieser dem undurchschaubaren Schicksal gegenüber. Die Ermordung Idas durch Franz ist das Pendant zum Muttermord des Orestes. Sie wird mit den Formeln des Newtonschen Gesetzes in verfremdender Zeitlupeneinstellung beschrieben, während Klytämnestra den Agamemnon mit einem Fischernetz im Bad einfängt und ihn mit Beilschlägen in den Hades hinabschickt. Der Erzähler ist ebenso bei den Versuchen von Heinrich Hertz, der das Telegraphieren erfand, wie bei der brennenden Kienfackel, die die Nachricht von der Rückkehr Agamemnons weitergibt. Er endet schließlich bei zwei Briefen von Häftlingen des Tegeler Gefängnisses und bei Idas Schwester Minna, die in der Markthalle eingekauft hat. Der Sprung ins mythische Zeitalter und die Rückkehr in die gegenwärtige von Technologie und Wissenschaft bestimmte Zeit haben ihren Ursprung in den Vergleichspunkten des Schicksals von F. Biberkopf und Orestes. Zugleich bringt der Erzähler neue Sprachdimensionen hervor. Dem antiken Pathos kontrastiert die minutiöse Beschreibung mittels einer ausgebildeten wissenschaftlichen Terminologie. Nicht nur in längst hinabgesunkene Zeiten, sondern auch in kosmische Bereiche dringt der Erzähler bei seinen ausgedehnten Streifzügen, um wieder bei einem ganz bestimmten Punkt in Berlin anzukommen. Er selbst gleicht jenem Sonnenstrahl, von dem er sagt:

"Er kommt über x Meilen her, am Stern y ist er vorbeigeschossen, die Sonne scheint seit Jahrmillionen, lange vor Nebukadnezar, vor Adam und Eva, vor dem Ichthyosaurus, und jetzt scheint sie in das kleine Bierlokal durch das

Fensterglas, wird von einem Blechschild 'Löwenbräu Patzenhofer', in zwei Massen geteilt" ... (S. 72)

Die Sammelfunktion dieses Erzählstils ist deutlich: Die fernsten und entlegensten Dinge werden in die Romanhandlung eingeschleust und machen klar, daß es sich bei der Erzählung der Biberkopfgeschichte nur um die Erzählung einer kleinen Größe handelt. (19)

Durch die synthetische Montage der verschiedensten Bruchstücke der Welt wird Biberkopf zu einer beschränkten Größe zugerichtet. Seine Geschichte bringt nicht die Totalität der Welt zum Vorschein, sondern die chaotische Fülle der Welt unterbricht fortwährend seine Geschichte. Um ihn rankt sich ein unerschöpfliches Faktenmaterial, das sich längst seinem Erfahrungshorizont entzogen hat.

Die Geschichte seines Lebens wird hier sichtbar als eine fortdauernde Bewegung, vergleichbar einem Strom, der ihn einmal aus der Welt fortträgt in sein einsames Zimmer und ihn ein andermal wieder irgendwo in der Welt absetzt. Diesmal ist Franz am Alexanderplatz "gestrandet", wo er sich mit unbekannten Personen unterhält, stets unterbrochen von den obligatorischen Zeitungsnotizen. Da trifft er plötzlich wieder seinen Freund Meck. Die Großstadt ist der Raum schier unbegrenzter Möglichkeiten und Zufälle. Zwei Wege kreuzen sich urplötzlich, die vorher im Dunkel lagen. Meck und Biberkopf besuchen nun zusammen eine der vielen Kneipen am Alexanderplatz. Dort lernen sie Reinhold kennen, der einen schwunghaften Mädchenhandel betreibt. Franz nimmt regen Kontakt mit Reinhold auf und versucht, ihm den Mädchenhandel auszureden.

Er selbst befreundet sich mit einer gewissen Cilly, die längere Zeit bei ihm bleibt. Durch Reinhold erhält F. Biberkopf Anschluß an die verbrecherische Pumskolonne, welche offiziell Obst- und Gemüsehandel betreibt. Eines Abends macht er bei einem "Auftrag" mit, bei dem er viel Geld verdienen kann. Ehe Franz merkt, daß es sich um einen Einbruch handelt, ist es schon zu spät. Er kann den Einbruch nicht mehr verhindern, er ist selbst ohne sein Wollen in ihn verwickelt. Auf der Heimfahrt wird Franz von Reinhold brutal zusammengeschlagen und aus dem Auto geworfen. Franz, der zuviele Reden über das Anständigsein geführt hat, paßt nicht zur Pumskolonne. Man hat ihn im wahrsten Sinn des Wortes wieder "herausgeschmissen". Bei dieser brutalen Attacke hat Franz einen Arm verloren. Nach einem kurzen Krankenhausaufenthalt wird er von Eva und Herbert, Kollegen aus früherer

Zeit, aufgenommen. Das Leben hat ihn zum Teil verstümmelt. An Franz hat sich bereits ein Stück von dem vollzogen, was in der davorliegenden Schlachthofszenerie allegorisch angedeutet wird.

1.4. Signifikanz der Schlachthofthematik

Die Schlachthofszenerie und die in ihrem Umkreis sich entfaltende Motivik bedürfen einer Erläuterung.

Zunächst reiht sich das Schlachthofkapitel (S. 117 ff) mit seinen genauen statistischen Angaben und sonstigen Daten in die Aufzählung von großstädtischen Einrichtungen ein. Doch die beschriebenen Phänomene werden umgedeutet: Die Ställe werden zu Warteräumen, die Schlachträume zu Totengerichten für die Tiere; Das Hinsterben der Tiere wird zum Eintritt in die Bereiche der Metaphysik und der Theologie. Aus der Masse der Schlachttiere werden ein großer weißer Stier und ein kleines Kälbchen ausgegliedert. Das Ritual des Hinschlachtens wird an beiden demonstriert. Das "Hingeschlachtetwerden" ist das Schicksal des einsamen Tieres:

"das ist sein Schicksal, und es kann doch nichts machen". (S. 122)

Doch das Schicksal des einzelnen ist stets aufgehoben in einem allgemeinen Schicksal. Dies legt die Struktur der beiden Schlachtkapitel (S. 122 ff und S. 127 ff) nahe. Beidemale ist eingangs vom allgemeinen Viehauftrieb die Rede, worauf dann jeweils der Schlachtvorgang des Stieres bzw. des Kälbchens folgt.

Schon die Überschrift bekräftigt eine allegorische Umdeutung. Der Schlachthof als ein Teil Berlins wird ausgegrenzt und zu einem allegorischen Fundus des gesellschaftlichen Lebenszusammenhanges aufgewertet: "Denn es geht dem Menschen wie dem Vieh." (S. 117) Der Auftrieb und die Hinschlachtung geraten zum Stigma von gesellschaftlichen Wirkmechanismen, denen der Mensch unterworfen ist. So heißt es auch in den Worten Biberkopfs kurz vor seinem Ende:

"(Die Jagd, die Jagd, die verfluchte Jagd, mir haben die verfluchten Hunde gejagt, wie haben sie mir gejagt, haben mir fast umgebracht.)" (S. 362)

Am Beispiel der Hinschlachtung des Stieres ist sein Ende präfiguriert, ebenso wie in der Tötung des Kälbchens Miezes Ermordung allegorisch antizipiert ist. Das Thema des Hingeschlachtenwerdens taucht noch oftmals

als allegorische Chiffre auf, in deren bedeutungsvollem Lichte sich das Schicksal von Franz und Mieze vollzieht. Das Bild des Schlachtens wird in vielen Variationen wieder aufgenommen von dem Spruch aus dem Alten Testament: Es ist ein Schnitter, der heißt Tod usw. Zwischen den beiden Schlachtszenen ist ein Gespräch Hiobs mit einer unbekannten Stimme aufgenommen - ein ebenfalls aus dem AT abgewandeltes Motiv. In diesem Zusammenhang ist auch die Opfergeschichte von Isaac zu berücksichtigen. (S. 255f) Hiob, der sein kategorisches "Nein" dem Erlösungsangebot der himmlischen Mächte entgegenschleudert, wird erst geheilt, als er erschöpft und stumm und ohne Widerspruch am Boden liegt. Auch Isaac wird gerettet, als Abraham - der alte Mann - seine Bereitschaft gezeigt hat, seinen einzigen Sohn zu opfern. Mit der Berufung auf die Autorität biblischer Gleichnisse wird eine neue Bezugsgröße eingeführt. Dem Motiv des Geschlechtetwerdens wird das Opfermotiv als potentielle Überwindung schicksalhaft vorgegebener Lebensmächte gegenübergestellt. Die Bereitschaft sich hinzugeben, sich einer höheren Macht zu überantworten, ist die Bedingung, um dem eigenen Lebensschicksal zu entrinnen. Wie aus dem Nachfolgenden hervorgeht, prägt die Notwendigkeit des Geschlechtetwerdens dem Lebensweg F. Biberkopfs das Signum des Hammers und des Beiles ein. Andererseits wird aber in biblischen Allusionen die Selbstaufgabe als Möglichkeit des Weiterlebens angeboten. Der soziologischen Konzeption, die den Gewaltmechanismus des Lebens in die Chiffre "Schlachthof" bannt, steht die theologische Perspektive eines neuen Lebens unter der Bedingung des Aufgebens und des "Sich-Opferns" zur Seite. Das Opferthema deutet für das einzelne Subjekt einen Ausweg aus den Verstrickungen der Welt an, von der F. Biberkopf nach seinem Streit in der Kneipe ahnt, daß sie nicht in Ordnung ist. Der Erzähler selbst muß seinem hilflosen "Helden" auf das Wesen dieser Welt hinweisen, welches in der Hure Babylon verkörpert ist. Ihre Erscheinung wird in einer Allegorese beschrieben:

"Das Weib ist voll Namen der Lästerung und hat 7 Häupter und 10 Hörner. Es ist bekleidet mit Purpur und Scharlach und übergüldet mit Gold und edlen Steinen und Perlen und hat einen goldenen Becher in der Hand. Und an ihrer Stirn ist geschrieben ein Name, ein Geheimnis: die große Babylon, die Mutter aller Greuel auf Erden. Das Weib hat vom Blut aller Heiligen getrunken. Das Weib ist trunken vom Blut der Heiligen." (S. 211)

An der Gestalt der Hure Babylon wird der janusköpfige Charakter der Welt sichtbar. Der äußeren Pracht und dem Prunk kontrastiert der Wesensgehalt: Greuel und Blut. Der bluttrunkenen Hure Babylon sind alle zum Opfer gefallen, die ein integres und unbescholtenes Leben führen wollten. Das "Blutmotiv", das an einer früheren Stelle schon eingeführt worden ist, gehört ebenfalls in diesen Zusammenhang. In der Allegorie der Hure Babylon verdichtet sich die Welt zu einem Ort der Vernichtung und der Gewalt. Der enge Konnex mit der Schlachthausmotivik ist offensichtlich.

Ein Spruch aus dem AT spricht ein deutliches Urteil über eine derart gekennzeichnete Welt:

"Und ich wandte mich und sah an alles Unrecht, das geschah unter der Sonne, und siehe da, es waren Tränen derer, so Unrecht litten und hatten keinen Tröster" ... (S. 326)

In den vielfach variierten Spruchfragmenten aus dem Umkreis der Bibel (20) und in verschiedenen Allegorien werden prinzipielle Aussagen über die Beschaffenheit des Lebens, der Gesellschaft und der Welt im weitesten Sinne getroffen.

Zu diesen Deutungsmustern gesellt sich die Instanz einer warnenden und appellierenden Stimme. Diese unbekannte Stimme wendet sich direkt an F. Biberkopf. Sie deutet Franz an, was er später fühlen und sehen wird, was ihm jetzt aber noch verborgen ist. Doch Biberkopf weist die warnende Stimme hochmütig von sich.

Im Unterschied zu Hiob, der seinen Widerspruch aufgibt, aufgrund dessen ihm schließlich geholfen wird, pocht Franz weiterhin auf seine eigene Stärke; deshalb erhält er auch immer wieder vom Erzähler das Attribut: "stark wie eine Kobraschlange"! (S. 84; S. 210) Doch die Illusion der Stärke verbirgt nur die Schwäche von Franz Biberkopf. In seinem Leben vollzieht sich ein ständiger Wechsel zwischen resignativem Rückzug aus der Welt und eingeredeter Stärke und Selbstüberschätzung. Seine eingebildete Stärke kehrt demnach immer wieder seine Schwäche hervor. (vgl. S. 322 unten)

Franz durchschaut nicht die Mechanismen der Gesellschaft und ist dagegen wehrlos. So "saust der Hammer, der Hammer gegen Franz Biberkopf", (S. 271) wie es in der Einleitung zum siebten Buche heißt. Das Hinschlachten des Stieres manifestiert sich wieder in der Geschichte von F. Biberkopf. Bereits eingeführte Motive und Bibelsprüche begleiten Franz und später auch Mieze auf ihrem Lebensweg. Die Schlachthofmotivik, die sich im Verlauf der Geschichte mit der Todesmotivik amalgamiert, konstituiert zusammen mit der theologischen Perspektive der Opfermotivik auf einer höheren Ebene den Deutungsrahmen für die Biberkopfgeschichte. (21) Darauf wird noch oftmals zu verweisen sein.

1.5. Abwehrkampf und Todesmotiv

Nach dem Krankenhausaufenthalt hat Franz bei Eva und Herbert Unterschlupf gefunden. Eva vermittelt Franz ein Mädchen, das für ihn Geld herbeischafft. Franz nennt sie Mieze. Vom Zeitungsverkäufer ist nun Franz zum Zuhälter geworden. Die Gelegenheiten und Wechselfälle des Lebens bestimmen seine Existenz. Eine Bekanntschaft mit Willi, der ihn in politische Versammlungen mitnimmt, ist nur von kurzer Dauer. Biberkopf ist wieder einmal allein. (vgl. S. 253)

Die leere Zeit, die Franz totschlagen muß, kongruiert mit der Leere seines Innern. Diese Leere wird ausgefüllt mit den Gelegenheiten der Welt und mit hergesagten Schlagertexten und Kinderversen. Das oftmalige Auftreten solcher belangloser Kehrreime in Franzens Bewußtsein dokumentiert die Reflexions-unfähigkeit der Hauptfigur. Für ihn springt der kommentierende und deutende Erzähler ein. Dieser legt Perspektiven und den Deutungsrahmen für das Leben von Biberkopf frei. Franz selbst ist ohne Hoffnung und ohne sinnhaften Selbstbezug der Zeit preisgegeben. Es fehlen ihm die Hoffnung, die sein Leben als eine irgendwie geartete Einheit für die Zukunft entwirft, und die Erinnerung, die das vergangene Leben zur Einheit mit dem gegenwärtigen zusammenschließt. (22) Es entgleiten ihm die Kontinuität und Identität seines Lebens, indem er punktuell und momentan der endlos verrinnenden Zeit verhaftet bleibt. Sein Leben gründet nicht im Kampf seiner individuellen Entwicklungs-wünsche als Ausdruck der reichen Fülle seiner Subjektivität gegen die Macht der Zeit. (23) Vielmehr füllt ihn die Zeit als Potential mannigfaltigster Gelegenheiten aus und degradiert sein Innenleben zu einem bloßen Medium der ihn jeweils umgebenden Welt.

Schon von Anfang an steht Biberkopfs Leben unter dem Diktat der Zeitausfüllung:

"Wo soll ick armer Deibel hin" (S. 10) und "Wat machen wir?" (S. 25) Diese hilflosen Fragen verraten, daß Franz keine konkreten Selbstverwirklichungswünsche vorzutragen hat, sondern Sorge darüber trägt, wie er die Zeit verbringen soll. In diesem Zusammenhang ist auch die Frage zu sehen: "Verflucht, wo geh ich lang". (S. 253) Die "Antwort" folgt einige Zeilen später. Beliebig und ziellos sind die Wege des F. Biberkopf:

"Und Franz marschiert wieder die heißen, staubigen, unruhigen Straßen lang. August. Am Rosenthaler Platz wird es voller, (...) Und Franz steht, kauft dem Mann die Zeitung ab, (...) Und er geht weiter um den Platz herum, in die Elsässer Straße hinein, (...) Und Franz marschiert, er weiß nicht was er will, auf den Rosenthaler Platz zurück und steht vor Fabisch an der Haltestelle (...) Und wartet. (...) Und dann geschieht es, daß die 41 kommt, hält, und Franz steigt ein. (...) und die Elektrische fährt ihn nach Tegel." (S.253)

Dort schläft Franz auf einer Bank ein. Als er wieder aufwacht, weiß er nicht mehr, was er hier wollte. Die Signifikanz des "Und" wird hier, wie auch an vielen anderen Stellen, deutlich. Sein Leben gerät ihm zum bloßen Nacheinander ohne eine bestimmte Handlungsmotivation. Es erscheint als die Akkumulation beliebiger Szenen. Er selbst fühlt das sinnlos Auf und Ab, das immerwährende Hin- und Hergetriebensein und bannt es in die schlichte Formel:

"Als wenn ick son Hündchen bin: ruff uffn Tisch, runter vom Tisch, ruff uffn Tisch." (S. 260)

Eines Tages aber geht Franz zu Reinhold. Er marschiert durch die Straßen "mit festem Schritt, links, rechts, links,, rechts, (...) wir wollen sehen, eine Kugel kam geflogen, (...) Trommelgerassel und Bataillone (...) Wenn die Soldaten durch die Stadt marschieren, eiwarum, eidarum, ei bloß wegen dem Tschingdarada bumdara" ... (S. 262)

Der magische Trommelklang, das stakkatoartige Tschingdarada ziehen Franz zu Reinhold hin. Was sich hier kundtut, ist nicht eine psychologische Motivation, sondern obsessive Stimulanz. Das eigentliche Movens ist das Motiv des Marschierens. Als ihn Reinhold nämlich fragt, was er denn von ihm wolle, antwortet Biberkopf: "Gar nischt, gar nischt". (S. 264) Franz ist zu dem Mann zurückgebracht worden, von dem ihm große Gewalt widerfahren ist. Auch weiterhin geht von Reinhold die größte Gefahr für Biberkopf und Mieze aus. Gerade diesem Mann, dem inkorporierten Schicksal des Franz Biberkopf, verfällt die Hauptfigur ebenso wie später Mieze. Wie im Motiv der marschierenden Soldaten angezeigt wird, hat Franz einen für ihn verhängnisvollen Kampf aufgenommen. Er befindet sich "im Rasseltanz mit etwas anderem, das soll zeigen, wie stark es ist und wer stärker ist, Franz oder das andere". (S. 270)

Das "andere" ist Biberkopfs Schicksal, welches ihm in Gestalt des Gewalttäters Reinhold immer wieder gegenübertritt. Am Ende des sechsten Buches faßt der Erzähler kurz und prägnant Franzens bisherigen Lebensweg zusammen und spricht von dem Kampf, in den Biberkopf sich nun einläßt.

Diesmal begibt sich Franz willentlich in die Illegalität, weil er glaubt, dort sei ein Platz für ihn. Er macht mehrere "Geschäfte" bei Pums mit und gelangt auch schnell zu Geld. Immer wieder neigt Franz dazu, vor Reinhold zu protzen. So will er ihm seine Mieze vorführen; doch es kommt zum Eklat. Franz hat sich eine Blöße gegeben; daraufhin wird Mieze brutal zusammengeschlagen. Doch schon in der nächsten Szene sitzen beide wieder in der Stube zusammen und liegen sich in den Armen. (S.303) In einem kleinen Zeitsprung ist die nächste Szene eingeblendet worden, die sich nicht sukzessiv aus der unmittelbar vorhergehenden erklären läßt. In unverbundenen, akausalen Szenenausschnitten wird das Leben von F. Biberkopf vergegenwärtigt. Eine wichtige Funktion übt dabei wieder das parataktische "Und" aus:

"Und das ist ein Abend auf der Stube von Franz. (...) Und sie (sc. Mieze) läßt ihren Gönner zwei ganze Tage warten (...) Und wie der nächste Ball ist (...) Und da schwimmt Miezeken mit dem Klempner rum" ... (S. 303)

Das "Und" unterschlägt den Motivationszusammenhang zwischen den Szenen, die bloß aneinandergereiht werden, und zeigt den filmischen Einschnitt an. (24) Wie schon an einer anderen besprochenen Szene deutlich gemacht worden ist, treibt das "urepische Und" das Geschehen voran, häuft Szene an Szene und führt in medias res ein. Der Verzicht auf einen zusammenhangstiftenden Erzählbericht ist evident. Der Erzählstil erhält einen dramatischen Akzent, indem er unmittelbar vergegenwärtigt und aufzeichnet, ohne lange Erklärungen und Erläuterungen. (25) Gerade die Reden und die inneren protokollarischen Abläufe zeigen die Personen, wie sie "sekündlich gestoßen" (26) werden von dem, was ihnen die Außenwelt gerade zuträgt. In ihrem Wesen sind sie nämlich tendenziell unfähig, sich in individuellen Zwecksetzungen der Umwelt entgegenzustellen. Dieses Motivationsdefizit von seiten der Hauptperson führt zur Desintegration des epischen Geschehens. Es geschieht viel in diesem Roman, aber derart, daß es nicht zu einer kontinuierlichen, linear fortlaufenden Erzählung zusammengeschlossen werden kann.

Auf zufällige Weise trifft Mieze den Klempner Karl und vergnügt sich mit ihm auf einem Ball. Dieser wiederum vereinbart mit Reinhold, ihm die Mieze bei einer passenden Gelegenheit zu überlassen. So geschieht es auch. Bei einem Ausflug in Freienwald arrangiert es Karl, daß Reinhold und Mieze im Wald spazieren.

"Im Walde aber gingen da allein Mieze und Reinhold, ein paar Vögelein zirpten und piepten leise. Oben die Bäume fingen zu singen an.

Es sang ein Baum, da sang ein anderer Baum, dann sangen sie zusammen, dann hörten sie wieder auf, dann sangen sie über den Köpfen der beiden.

Es ist ein Schnitter, der heißt Tod, hat Gewalt vom großen Gott.

Nun wetzt er das Messer, jetzt schneidt es schon besser." (S. 310)

Die Szene wird überblendet durch die Dämonisierung der Natur in Gestalt der singenden Bäume und mit dem Schnittermotiv kontrastierend verbunden. Während sich Reinhold und Mieze unterhalten, tönt immer jener warnende Spruch: "Ein jegliches hat seine Zeit" in vielen Variationen dazwischen. Je dramatischer sich die Szene zuspitzt, je mehr Mieze der Gewalt Reinholds zum Opfer fällt, desto pointierter, drängender und drohender wird der Spruch:

"Seine Zeit! Seine Zeit! Jegliches seine Zeit. Würgen und heilen, brechen und bauen, zerreißen und zunähen, seine Zeit. Sie wirft sich hin, um zu entweichen. Sie ringen in der Kute. Hilfe Franz." (S. 316)

Die Sprachbewegung verwandelt sich der Szene an, ja sie stellt die Szene selbst in unheilvollen Assoziationen dar. Äußerst spärlich wird berichtet, was geschieht. Reinhold würgt Mieze, die ihm nicht hörig ist; er hat die Hände an ihrem Hals; ihr Körper zieht sich zusammen. Die Ermordung Miezes wird übersetzt in die Verklammerung bereits vorhandener Motive. Es sind dies das "Kälbchen-Schlachtmotiv" und das "Schnitter-Todmotiv". Der Mord kulminiert schließlich im Schwanken und Schaukeln der Bäume, welche vorher gesungen haben. Die Szene wird aufgehoben in eine Bedeutungsebene, die von der "Motiv-Regie" (27) des Erzählers im ganzen Roman ausgebreitet wird. Rückblickend werden die im Text einzeln verstreuten Leitmotive verständlich, und zwar aus dem Bedeutungshorizont, den sie selbst konstituieren. Die Ermordung Miezes erhält eine zentrale Stellung als "Sammellinse" einiger aber nicht aller Motive. Die Allusionen des Hingeschlachtetwerdens und des Todes verweisen auf einen allgemeinen Sachgehalt, der besteht und nicht aufhört zu bestehen. Resultathaft breiten sich die Schlacht- und Todesthematik aus. Sie beschreiben die Grundgesetzlichkeit des menschlichen Lebens in einer mit dem Stigma der Gewalt behafteten gesellschaftlichen Lebensordnung. Diese der gesellschaftlichen Existenz des Menschen zugehörige Grundbefindlichkeit des Hingeschlachtetwerdens wird am Einzelfall Mieze exemplifiziert. Ihre Ermordung wird einem mittels der Motivik aufgezeigten allgemeinen Sachverhalt subsumiert.

Wir befinden uns am Anfang des achten Buches. F. Biberkopf sucht schon seit einigen Tagen Mieze, aber er kann sie nicht finden. Auch der Klempner Karl, der mit Reinhold die Leiche Miezes im Sand vergraben hat, verrät nichts. Währenddessen wird gemeldet, daß Tunney im Weltmeisterschaftsboxkampf vom 23. September 1928 Sieger geblieben ist und daß ein neuer Flugrekord auf der Strecke Köln - Leipzig aufgestellt worden ist. Es schließen sich Witze an aus Prostituiertenkreisen und Berichte über das Kaufhaus Hahn. (S. 324 f) Aus der Perspektive des Subjekts dissoziieren die Dinge in uneinholbare Ferne. Zwischen dem, was gegenwärtig in der Welt vorfällt und F. Biberkopf besteht keinerlei Verbindung. "Die Dinge sind nicht mehr der schwankende Widerschein der schwankenden Seele des Helden, das Bild seiner Pein, der feste Halt seiner Sehnsucht." (28) Die Vorkommnisse in der Welt und die Partikularität seines jetzigen Zustandes sind schlechterdings nicht mehr zu vermitteln. Da springt der komponierende Erzähler ein und stiftet mit einem abgewandelten Spruch aus dem AT einen Bezug zu Franz Biberkopf.

" Und ich wandte mich und sah an alles Unrecht, das geschah unter der Sonne, (...)

Die Toten lobte ich. Jegliches seine Zeit, (...) Die Toten lobte ich, die unter den Bäumen liegen, die schlafen." (S. 326)

Der Verweis auf Miezes Tod ist deutlich. Zugleich wird auch Franz mit dem Todesmotiv "Jegliches seine Zeit" usw. behaftet. Dadurch wird auch hier, wie bereits in der Schlachthofszene, sein Tod vorgebildet. Diesen Verweisungszusammenhang konstruiert der Erzähler. Die Deutungsbezüge, die Franzens Leben umfassen, sind sein Werk. Die Bedeutung schafft der Erzähler, sie stellt sich nicht von selbst her.

Inzwischen passieren merkwürdige Dinge, von denen Franz nichts weiß und nichts merkt. Als bei einem Einbruch der Pumsbande der Klempner Karl einen Fehler macht, muß die Sache abgeblasen werden. Karl ist in Schwierigkeiten geraten; er sondert sich daraufhin von der Bande ab und arbeitet mit einem neuen Kollegen zusammen. Bei seinen Einbrüchen hat er zunächst viel Erfolg. Da erscheint Reinhold auf der Bühne und will den Klempner Karl wieder in die Pumsbande zurückholen. Doch Karl weigert sich. Beim nächsten Einbruch wird er von Reinhold verraten. Aus Rache berichtet nun Karl seinerseits der Polizei vom Mord Reinholds an Mieze. Nach einigen Umständen findet man schließlich Miezes Leiche. Reinhold aber ist vorläufig entwischt.

Die eben beschriebenen Vorgänge haben sich ohne Biberkopfs Zutun oder Kenntnisnahme ereignet. Tatenlos sitzt er in seinem Zimmer und sieht nicht, was um ihn vorgeht. In der Welt, in der alles gegen ihn oder ohne ihn passiert, muß er warten, bis ihm die scheußliche Mordtat an Mieze eröffnet wird. Sein Leiden wird mit dem des Hiob verglichen. Der Grund für sein leidvolles Leben ist das in der Gestalt der Hure Babylon allegorisierte Gewaltprinzip der Welt. (29) Die Gewalt offenbart sich als das Wesen der gesellschaftlichen Lebenordnung und evoziert in Biberkopf Schreckensbilder von der Welt. (vgl. S. 187 u. S. 345)

Franz ahnt bereits, daß er von dieser Gewalt zunichte gemacht wird. Im Bild der Walze und der Mühle wird die Gewalt als eine fortdauernde Bewegung, als ein unaufhaltsamer Prozeß gekennzeichnet. Dieser Mechanik der Gewalt ist Mieze zum Opfer gefallen. Nachdem sich Franz son seinem psychischen Zusammenbruch etwas erholt hat, versucht er Reinhold zu finden, um den Mord an Mieze zu rächen. Da passieren wunderliche Dinge: Sperlinge fangen zu sprechen an und machen sich über seine Dummheit lustig; ebenso hebt das Haus, in dem Reinhold gewohnt hat, ein Gelächter an und tritt in einen Dialog mit Biberkopf; ferner gesellen sich zwei Engel zu ihm, die von Franzens zukünftigem Opfertod sprechen. Ein allegorisches Stimmengewirr rankt sich um Biberkopf und bespricht sein Schicksal. Schon einmal sprach eine unbekannte Stimme zu ihm. (S. 142 f) Gespensterhafte Stimmen bevölkern den Roman und leblose Dinge werden redend. Ein Windsturm und die Bäume intonieren nach Miezes Ermordung ein schauriges dämonisches Orchester. (S. 318 f) In der Einführung von handelnden und redenden Gegenständen wie Wald und Haus etc. besteht eine Ähnlichkeit zu den barocken Formen der Allegorie. (30)

Die Allegorisierung von Naturphänomenen macht diese zu Sinnträgern in einem übergeordneten Konstruktions- und Verweisungszusammenhang. Sie fügen sich ein in die Veranstaltung einer deutenden Besprechung von Biberkopfs Leben. Deutungsinstanzen und Chiffren, die Teile eines groß angelegten Verweisungssystems sind, reflektieren, was Biberkopf de facto in der Welt widerfährt.

Eine Deutungsfunktion besitzt auch das sich wiederholende "Tschingda-radada" als Ausdruck des Motivs der marschierenden Soldaten, welches als zwanghafte Obsession in Franzens Hirn herumspukt. Angetrieben vom Marschmotiv stürzt sich Franz in die entscheidende Schlacht seines Lebens. Dies wird sein Opfertod sein. Die Leitmotive, von denen Franz umgeben ist - dazu mag auch das Epitheton ornans "Kobraschlange" zählen - dienen jedoch nicht zur Psychologisierung der Hauptfigur. Sie sind kein psychologischer Hinweis auf eine innere Disposition und künden nicht von individuellen Gesinnungen. Im gesamten Roman wird darauf verzichtet, Personen mit einer ihnen eigenen Innerlichkeit und psychologisch beschreibbaren Individualität vorzustellen. (31) Das Sprechen und das innere Reden der Personen sind nur Reflexe auf jeweilige Situationen und liefern keine individuelle Charakteristik. Darauf ist schon mehrmals verwiesen worden. Auch die in Rede stehenden Leitmotive fungieren nicht als allseitig verwendbare Charakterisierungsmittel, sondern sie sind Deutungspartikel in einem größeren Ordnungszusammenhang. Sie sind Teile eines Allegorisierungssystems.

1.6. Opfertod und Neueinsatz

Kehren wir zu F. Biberkopf zurück. Er irrt konsterniert durch die Straßen der Stadt, "wie ein Hund, der eine Fußspur verloren hat". (S. 349) Reinhold hat sich inzwischen mit falschen Papieren als polnischer Taschendieb Moroskiewicz ertappen lassen und wird prompt ins Gefängnis gesperrt. Vor der Fahndung hat er sich vorläufig in Sicherheit gebracht. Doch nach vielen Umständen und Zufällen wird er schließlich von einem Kompagnon aus der Berliner Unterwelt verraten und als Mörder von Mieze entlarvt.

Franz Biberkopf seinerseits kommt zu der ernüchternden Erkenntnis:

"Mein Leben ist nicht mehr mein. Ich weiß nicht, was ich jetzt tun muß, aber mit Franz Biberkopf ist es aus und Schluß." (S. 359)

Hatte er sich früher noch eingeredet, ein eigenständiges Leben unbehelligt von den anderen führen zu können, so steht er jetzt vor der Bankrotterklärung seines Lebens. Bei einer Razzia in einer der vielen Kneipen liefert er sich selbst der Polizei aus, indem er einen Polizisten anschießt. Nach kurzer Zeit wird er aus dem Polizeigefängnis in die Irrenanstalt Buch gebracht. Dort liegt er nun steif, die Augen verschlossen, in einem Krankenbett und verweigert die Nahrung. In der physischen Erstarrung wird Franz zum

Objekt allegorischer Mächte. Um die Irrenanstalt Buch toben die Sturmge-
waltigen wie nach Miezes Tod und wollen ihn aufrütteln, Zu ihrem Treiben
gesellt sich die Hure Babylon. Noch ist Biberkopf ihre Beute, die Beute der
Gewalt auf Erden, die ihm schwer zugesetzt hat.

Da treten auch die Ärzte an sein Bett. Ein reger medizinischer Disput tritt ein.
Verschiedene medizinische Diskurse über die Diagnose werden geführt.
Franzens Zustand bleibt rätselhaft. Biberkopf nähert sich dem Zustand der
Besinnungslosigkeit. Er ist in ein entscheidendes Stadium getreten. In den
anschließenden Regressionsphantasien: "ich will lieber kauern unter der
Erde, über die Felder laufen und fressen, was ich finde" ... (S. 386) und seiner
"Metamorphose" zur Feldmaus zeigt sich die Auflösung seiner Person.
Indem er seine Lebenskeime verstreut, ist er bereit, sein Leben zurückzu-
geben und auszuliefern. Dies ist dann der richtige Zeitpunkt für den Auftritt
des Todes.

Der Tod gibt sich als diejenige Bezugsmacht zu erkennen, die in Biberkopfs
Leben wirkte und ihm Signale sandte, welche dieser aber nicht erkannte:

"... ich schickte dir alles, aber du erkanntest mich nicht" ... (S. 388)

Auch hinter der unbekannten Stimme, die Franz einst warnte, (S. 142 f)
verbarg sich die Instanz des Todes. Von Anfang an war das Leben von
Franz, der unfähig war zu erkennen, dem Tode verfallen. Notwendigerweise
findet er sich am Ende seines Lebens in der Hand des Todes. Rückblickend
wird nun klar, daß sein todverfallenes Leben prädestiniert ist für die
allegorische Ausdeutbarkeit in Form der zahlreichen Allusionen des Ster-
bens und des Tötens. Die Allegorisierung als wichtiges Formmoment dieses
Romans bildet einen innigen Zusammenhang mit der Todverfallenheit.
"Soviel Bedeutung, soviel Todverfallenheit, weil am tiefsten der Tod die
zackige Demarkationslinie zwischen Physis und Bedeutung eingräbt. Ist
aber die Natur von jeher todverfallen, so ist sie auch allegorisch von jeher."
(32) Biberkopf ist zeit seines Lebens mit allegorischen Bedeutungen behaftet, die auf ein zukünftiges Sterben und Geschlachtetwerden hinweisen. So
tritt nun auch der Tod, der ihm die Nichtigkeit und Falschheit seiner
angemaßten Stärke ins Gesicht schleudert, mit dem Beil, dem Signum des
Schlachtens, gegen ihn an.

Biberkopfs Schreien und das Hacken des Beiles stimmen einen grausigen
Wechselgesang an. (vgl. S. 389 f)

Franz wird zerstückelt und lebt doch weiter. Was hier dargestellt wird, ist der Schmerz des Leidenden auf der Bußbank. Im Zusammenhang mit der "Isaac-Opfergeschichte" hieß es bereits:

"Warum soll Franz nicht auf die Bußbank, wann wird der selige Augenblick kommen, wo er sich hinschmeißt vor seinem schrecklichen Tod" ... (S. 280)

Das Geschäft des Todes besteht aber nicht im bloßen Hinschlachten. Biberkopf wird bewahrt für die Rekapitulation seines Lebens. Erst im Angesicht des Todes wird die reflektierende Zusammenfassung der wesentlichen Entwicklungsstadien seines Lebens bewerkstelligt. Die Replik seiner Lebensgeschichte wird durchgängig mit dem Leitmotiv "Herankommen lassen" verflochten. (S. 393 ff)
Dadurch wird eine Haltung der Distanz markiert. Sein eigenes Leben wird dem Franz Biberkopf zum Gegenstand der Betrachtung. Er blickt zurück auf sein Leben, gleichsam wie in einen Spiegel, der ihm vorgehalten wird. Noch einmal ziehen sie an ihm vorbei: die Großstadt Berlin, der ärmliche Lüders, Reinhold, gekennzeichnet mit den Hörnern der Hure Babylon, schließlich Ida und Mieze. Als Franz in objektiver Betrachtung seines gesamten Lebens habhaft wird, sieht er alle seine Fehler ein und weint aus Verzweiflung.

In diesem Augenblick offenbart sich das Paradoxon des Todes, welcher immer wieder von sich behauptet: "Ich bin das Leben und die wahre Kraft." (S. 388) Der Tod ist nicht nur der Verkünder des Spruches "Jegliches hat seine Zeit", sondern er versteht sich auch als Bewahrer und als Wegbereiter eines neuen Lebens. Dies geschieht aber nur unter der Bedingung der freiwilligen Aufopferung und Selbsthingabe. Diese Opferidee als Bedingung für ein neues Leben ist in biblischen Mustern vorgezeichnet worden. Die Selbstaufgabe Biberkopfs besteht auch in der Zurücknahme und Negation seines bisherigen Lebens. Sein Leben, das falsch konzipiert war und katastrophenähnlich verlief, mußte geopfert werden, um ein neues zu erhalten. Durch seinen Opfertod ist Franz dem Gewaltmechanismus des Lebens entronnen, er ist nicht mehr Beutestück der Hure Babylon.

"Verloren hat die Hure Babylon, der Tod ist Sieger und trommelt sie davon." (S. 400)

Indem F. Biberkopf sich der letzten Instanz anheimstellt, erwirkt er ein neues Leben. "Lebendig in den Himmel der Romanfiguren entrückt", (33) wird Franz für ein neues Leben mit einer neuen Identität ausstaffiert: Franz Karl Biberkopf.

Bevor nun nach Bedingungen und Möglichkeiten eines neuen Lebens gefragt werden soll, ist rückblickend nach dem Grund des bisherigen mißlichen Lebens zu fragen.

Biberkopfs Losung, anständig zu sein und für sich zu bleiben, läßt sich nicht verwirklichen. Er stößt auf Hindernisse und Schwierigkeiten. Oft muß er sich zurückziehen in Orte des Unterschlupfs: in die Wohnung der Juden, in sein Zimmer, zu Eva und Herbert, bis er schließlich im festen Haus der Irrenanstalt Buch endet. Im Kollektivraum der Großstadt hat er keine feste Bleibe und keine Lebensgewohnheit gefunden. Die Verwicklungen, in die er geraten ist, haben ihn aus seiner Lebensbahn geworfen. Geradezu magisch angezogen von Reinhold, verfängt er sich in dessen Netz der Gewalt. Die im Proömium angekündigte Gewaltkur hat sich konsequent an ihm vollzogen. Sein Leben häuft eine Katastrophe an die andere: Lüders' Betrug, Reinholds Attacke, wobei er einen Arm verliert, Flucht in die Illegalität, Miezes Ermordung durch Reinhold, der Verzweiflungsschuß auf den Polizisten, Einlieferung ins Gefängnis und in die Irrenanstalt, Selbstaufgabe und Tod.

Ohne innezuhalten, ohne über sich und sein Leben zu reflektieren, rennt F. Biberkopf gegen sein Schicksal an. In seiner Blindheit vermag er den sozialen Kontext nicht zu durchschauen. Dieses Umfeld seines Lebens, das Milieu, in dem er sich bewegt, äußert sich als gesellschaftlicher Gewaltzusammenhang. Hinter der "jovialen Seite" (34) der Verbrecher- und Ganovenwelt tobt der harte Kampf um die Existenz. Arbeitslose, Herumlungerer, Prostituierte und arme Leute bevölkern die Großstadt Berlin rings um den Alexanderplatz. Die Pumsbande, getarnt als Wirtschaftsunternehmen, ist ebenso organisiert wie ein derartiges. Noch im Zerrspiegel der Unterwelt Berlins werden die Konkurrenzkämpfe und Existenznöte in der kapitalistischen Wirtschafts- und Sozialordnung sichtbar. Die verschiedenen Jobs, die Franz annimmt, beschreiben die Versuche der Existenzsicherung nach der jeweiligen Marktlage. Was die Menschen sind, machen die wirtschaftlichen Wechselfälle aus ihnen. Wenn Lüders Biberkopf hintergeht, geschieht dies nicht aus Boshaftigkeit, sondern er will sich nur einen materiellen Vorteil verschaffen. Ebenso wird Mieze die Geliebte eines besseren Herrn, um sich und Franz eine Existenzgrundlage zu sichern. Alle auftretenden Personen stehen unter dem Diktat des Gelderwerbs und der wirtschaftlichen Selbstbehauptung. Die Struktur des Systems macht sich in den heillosen Existenzkämpfen der Menschen dingfest. Ihr Signum ist die

Gewalt, allegorisiert in der Hure Babylon. In den untersten Rängen der Gesellschaft und im Umkreis der sozialen Außenseiter enthüllt die kapitalistische Gesellschaftsordnung die Härte der Konkurrenzkämpfe und Existenznöte und bringt die in ihr tobende Gewalt drastisch zum Vorschein. Dabei ist diese Gewalt nicht nur eine, die punktuell von einzelnen Menschen ausgeht, sondern auch eine strukturelle. Sie äußert sich in der permanenten Bedrohung der materiellen Existenz, im ständigen Kampf um die Selbstbehauptung und im Streben nach eigenem Vorteil, jeweils zum Schaden des anderen. Diese Gewalt produziert sich unter gleichbleibenden Bedingungen stets von neuem. Auch Biberkopf wird dem Gewaltsystem eingegliedert. Er schließt sich auch zeitweise der Pumsbande an und nimmt an verschiedenen Einbrüchen teil. Das Ganze des in den gesellschaftlichen Lebensbedingungen manifesten Gewaltzusammenhangs, in dem Biberkopf sich als einer unter vielen befindet, breitet sich unabhängig von seiner Lebensgeschichte resultathaft aus. Die Allegorie der Hure Babylon, die Leitmotivik des Schlachtens und des Kampfes, schließlich die Todes- und Opfermotivik thematisieren den Zusammenhang von Gewalt, Kampf, Tod und Opfer, in dem die Menschen sich wiederfinden.

Am Ende berichtet der Erzähler in einem knappen Exkurs von dem Prozeß, der gegen Reinhold geführt worden ist. Er wird zu zehn Jahren Haft verurteilt. Biberkopf wird vom Mordverdacht freigesprochen. Er hat eine Stellung als Hilfsportier in einer Fabrik mittlerer Größenordnung angenommen. Noch einmal richtet sich das Interesse auf den neuen Franz Karl Biberkopf. Er ist ein Wissender geworden. In der Schlußszene (35) resümiert und reflektiert er über das Schicksal:

"Da werde ich nicht mehr schrein wie früher: das Schicksal, das Schicksal. Das muß man nicht als Schicksal verehren, man muß es ansehen, anfassen und zerstören." (S. 410)

Nachdem das Schicksal von Biberkopf als gesellschaftlicher Zusammenhang, in dem immer wieder Gewalt produziert wird, durchschaut und in distanzierter Betrachtung erkannt worden ist, läßt sich dagegen auch angehen und seine vermeintliche Unabwendbarkeit zerstören. Die Grundlage dafür, bildet das Wissen. "Wach sein, Augen auf", (S. 410) tönt es in diesem Schlußkapitel. Doch sobald es um die konkrete Frage geht, wie denn diese Einsicht in eine nunmehr auch politische Praxis umzusetzen sei, läßt der Erzähler den Leser und seinen neuen Biberkopf im Stich. Der Schluß ist offen gestaltet. Die Frage nach dem konkreten anderen und neuen Leben bleibt unbeantwortet. Es bleibt bei spärlichen Andeutungen über die Möglichkeiten F. K. Biberkopfs, die durch menschliches Handeln produzierte Gewaltverstrickung aufzulösen.

"Eins ist stärker als ich. Wenn wir zwei sind, ist es schon schwerer, stärker zu sein als ich. Wenn wir zehn sind, noch schwerer. Und wenn wir tausend sind und eine Million, dann ist es ganz schwer." (S. 409) Damit ist eine Perspektive freigelegt: Eine Gemeinschaft von Wissenden, welche die Gewaltstrukturen der Gesellschaft durchschaut haben, könnte in Solidarität und im gemeinsam organisierten Kampf diese verfestigten Strukturen aufbrechen. (36)

Doch zugleich ist gegen solche Zukunftsaussichten Skepsis geboten. Biberkopf läßt die Massen an seinem Fenster vorbeimarschieren, ohne sich anzuschließen. Die Zurückhaltung gegenüber unkontrollierten Massenbewegungen wird deutlich. Er bleibt zurück als distanzierter und aufmerksamer Betrachter. Die Lehre aus seinem früheren Leben hat er gezogen. Nun begreift Biberkopf sein Leben im Zusammenhang des Kollektiv-geschehens. Er weiß, daß seine Existenz ein Teil des gesellschaftlichen Funktionszusammenhangs ist. Deshalb richtet er nun auch seine Aufmerksamkeit auf gesellschaftliche Vorgänge. Wichtig wird für ihn seine eigene Meinungsbildung, bevor er sich in einer Sache engagiert.

"Darum rechne ich erst alles nach, und wenn es so weit ist und mir paßt, werde ich mich danach richten." /S. 410)

Doch wie Biberkopf ein besseres, erfüllteres Leben realisieren kann, steht dahin. Die bloße Einsicht gewährleistet noch nicht ein besseres Leben, zumal die gesellschaftlichen Bedingungen immer noch dieselben sind. Es bleibt bei den ersten Schritten des neuen Biberkopf. Es bleibt bei einem Anhang. Eine neue Geschichte läßt sich nicht weiterschreiben.

1.7. Zusammenfassung: Erzählform und Lebensgeschichte

Jedoch die Geschichte des alten Franz Biberkopf ist abgeschlossen. Der erzählerischen Form seiner Geschichte gelten die abschließenden Überlegungen.
Biberkopfs Leben bekommt keine Chance der Selbstverwirklichung und der Integrität. Die kollektiv verankerten Lebensbedingungen dementieren fortwährend, daß ein eigenständiges Leben möglich sei. Dementsprechend ist auch die Hauptfigur von vornherein zugerichtet. Im Entwurf der Figur

Biberkopf gibt es keinen Raum der Persönlichkeitsentfaltung. Vorweg ist Verzicht geleistet auf die Darstellung eines Individuums mit einer reich ausgestatteten Innerlichkeit. Dies zeigen schon die ersten Schritte Biberkopfs in Berlin nach seiner Entlassung aus der Haftanstalt Tegel. Er ist ausgestattet mit einem bloß registrierenden Bewußtsein, das durchlässig ist für das, was ihn gerade umgibt. Tendenziell ist er unfähig über den Punkt, an dem er sich gerade befindet, hinauszudenken. Das punktuell Gegenwärtige und das Momentane sind Biberkopfs Lebensmetier. Die adäquate poetische Darstellung eines derartigen Lebensvollzugs ist die fragmentarische Qualität des Sprechens in der direkten Rede, in der erlebten Rede und in kurzen Monologen.

Für den Entwurf der epischen Welt ist konstitutiv das Prinzip der Montage. Dieses Verfahren ist an einigen Stellen exemplarisch analysiert worden. Vielfältiges Fakten- und Tatsachenmaterial aus allen Teilen Berlins und Reportagen aus aller Welt dringen in die Romangeschichte ein. Das Leben eines einzelnen kann da nicht mehr Beziehungspunkt dieser montierten und zugleich disparaten Totalität der Welt sein. Die bloße Faktizität der beziehungslos notierten Dingwelt ist nicht mehr Korrelat eines individuellen Bildungsprozesses. (37) Die Fremdheit und Abgeschiedenheit des einzelnen gegenüber den Vorgängen in der Welt markiert der Blick Biberkopfs auf die Schlagzeilen der Zeitungen. In ihm manifestiert sich die Belanglosigkeit der individuellen Erfahrung. (38)

Der Hauptfigur Biberkopf gelingt weder ein Verstehen dieser seiner Umwelt, noch eine sinnvolle Eingliederung in dieselbe. Der Unterschlupf bezeichnet seine Art und Möglichkeit zu leben. Dieser Sachverhalt wiederum indiziert einen Gesellschaftszustand, der keinen Raum zur Selbstentfaltung offenhält. Sobald sich Biberkopf aus seinem Refugium ins Leben "hinauswagt" erfährt er immer dasselbe: Fremdsein, Ausgeliefertsein, Beschädigung. Seine Lebensgeschichte gerät zu einer Variation des "semper idem". Biberkopfs Widerfahrnisse lassen sich demzufolge nicht im Schema eines linear fortschreitenden, kausalverknüpften Handlungszusammenhangs darstellen.

In vielen einzelnen versprengten Szenen wird Franzens Leben zur Darstellung gebracht. Dazwischen schiebt sich die unermeßliche Fülle der Vorgänge und Geschehnisse in der Welt, vom "Erzähler-Reporter" eifrig zusammengelesen und kunterbunt gemischt. Die beinahe willkürliche Anordnung der Szenen unterschlägt den Kausalkonnex, der die Kontinuität einer Geschichte herstellt. Die Bildungsgeschichte, welche im Proömium angekündigt ist, wird fortlaufend zersprengt. Damit wird zugleich auch Abstand genommen von einer symbolischen Schreibweise, wie sie als postulierte Norm für den traditionellen Bildungsroman verbindlich war. Die chaotisch anmutenden Vorgänge um Franz Biberkopf vermögen von sich aus nicht mehr einen allgemeinen Wesensgehalt auszudrücken. Dazu bedarf es eines allegorischen Deutungssystems. In diesem werden die allgemeinen Lebensbedingungen und das Schicksal von Biberkopf gedeutet. Die universalen Wirkkräfte des Lebens - die Gewalt, der Kampf, der Tod -, welche in den verschiedenen Deutungsmustern angeführt werden, bewahrheiten sich am Beispiel Franz Biberkopf. Sie zeigen den eigentlichen Wesensgehalt auf. Die Biberkopfgeschichte ist nur Demonstrationsmaterial. Sie allein bleibt privat, weil sie nicht per se das Wesen der Lebenszusammenhänge zum Vorschein bringt. Damit ist die Bildungsgeschichte als Herzstück des traditionellen Romans zerstört.

Was sich in diesem Roman zeigt, gilt auch allgemein für die moderne Romanproduktion. Ein Geschehen, um einzelne Figuren zentriert, "ist rein privat geworden, das heißt, es kann als solches nicht mehr repräsentativ, und daher auch in der Kunst nicht mehr symbolisch sein für das wesentliche Geschehen der Zeit". (39)

Die bereits besprochenen Aufbauelemente von A. Döblins Roman sollen nun stets in Rückkoppelung mit der bisherigen Interpretation in ihrer grundsätzlichen Bedeutung für die moderne Romanproduktion betrachtet werden.

2. Die neue Romanform

2.1. Realität und Montage

Was die Darstellung angeht, so beansprucht auch der Roman in Nachfolge des Epos "die Totalität einer Welt- und Lebensanschauung, deren vielseitiger Stoff und Gehalt innerhalb der individuellen Begebenheit zum Vorschein kommt, welche den Mittelpunkt für das Ganze angibt." (40) Im Medium der Kunstform Roman soll das gegenwärtige Zeitgeschehen einen authentischen Ausdruck bekommen. Bezogen auf einen jeweiligen historischen Kontext, bringt der Roman diesen zur Anschauung. Der Roman erhält eine geschichtsphilosophische Signatur im Prozeß der Geschichte der Menschheit. Um zu einer Erkenntnis der Romanform zu gelangen, bedarf es deshalb einer Reflexion auf die historischen Bedingungen der Romanproduktion. Im Gegensatz zum poetischen Weltzustand der Heroenzeit, aus dem das Epos hervorgeht, bezieht sich der bürgerliche Roman der Neuzeit auf eine "bereits zur Prosa geordnete Wirklichkeit". (41)

In der Entwicklung der bürgerlichen Gesellschaft haben sich vom 18. Jh. bis ins 20. Jh. die prosaischen Zustände grundlegend verschärft. Verändert haben sich durch die industrielle Revolution und durch die Entfaltung der kapitalistischen Produktionsformen der soziale Lebenskontext und die Organisationsform der Gesellschaft. Die gesellschaftlichen Wirk- und Entscheidungsprozesse, die Steuer- und Koordinationsmechanismen sind für die einzelnen Subjekte anonym geworden. Die menschlichen Beziehungen werden verdinglicht zu Funktionsmechanismen eines komplexen sozialen Systems. Angesichts dieser fortschreitenden Institutionalisierung und Funktionalisierung in der modernen Gesellschaft des 20. Jh. bleiben die individuellen Begebenheiten kontingent und sagen nichts mehr Entscheidendes über das Wesen der Gesellschaft aus. Im Medium der Romandichtung entstehen Zweifel über die poetische Darstellbarkeit der Totalität der Welt anhand des vom bürgerlichen Roman des 18. und 19. Jh. tradierten biographischen Modells. Ferner rückt die genaue Abschilderung des Oberflächenzusammenhangs der Welt das Wesen der gesellschaftlichen Realität nicht mehr heraus: "Die eigentliche Realität ist in die Funktionale gerutscht." (42) Die Undurchschaubarkeit und Anonymität der gesellschaftlichen Zusammenhänge lösen entscheidende Reflexionen der Romanautoren des 20. Jh. aus. Sie sind auf der Suche nach einer neuen Romanwelt. (43) Die Formen des traditionellen Romans gelten nicht mehr als verbindlich. Will der Roman seinen Erkenntnis- und Wahrheitsanspruch - seine geschichtsphilosophische Relevanz - aufrechterhalten, so ist die Schilderung der bloß angeschauten oberflächlichen Realität nicht mehr das geeignete Mittel der Weltdarstellung. Diese Überlegung stellt auch A. Döblin an. Er setzt sich von der herkömmlichen Romanschriftstellerei deutlich ab: "Sie imitiert, ohne in die Realität einzudringen oder sie gar zu durchstoßen, einige Oberflächen der Realität. Der wirklich Produktive aber muß zwei Schritte tun: er muß ganz nahe an die Realität heran, an ihre Sachlichkeit, ihr Blut, ihren Geruch, und dann hat er die Sache zu durchstoßen, das ist seine spezifische Arbeit." (44) Diese Forderung läßt sich stringent in seinem Werk "Berlin Alexanderplatz" nachweisen. Die Erzählmethode ist veristisch und surrealistisch zugleich. Fanatisch sammelt der Erzähler optische und akustische Eindrücke der Großstadt zusammen und bringt sie zur Darstel-

lung. Aber er läßt kein kohärentes Oberflächenbild entstehen. Die Durchsto-
ßung des Oberflächenzusammenhangs ist das Werk der Montage. Sie setzt
das Weltganze in der Addition der einzelnen Welttrümmer neu zusammen
- aber auf ungewohnte Art und Weise. Ihr Geschäft ähnelt dem des
Surrealismus. (45) Die tendenziell surrealistische Komposition fördert die
undurchschaubare Vielfältigkeit und monströse Inkohärenz, die chaotische
Faktenfülle und allerlei Inkommensurables zutage. Das Ganze der Welt fügt
sich nicht zu einer organischen Einheit, sondern es wird mosaikartig aus
unzähligen versprengten Trümmern zusammengesetzt. Die Assoziations-
reihen, die einen Gegenstand an den anderen setzen, sind kennzeichnend
für den Erzählmodus in diesem Roman. Der Erzähler ist ständig auf der
Suche nach neuen Objekten und Fakten, weil er in der Beschränkung auf
sein Erzählsujet Franz Biberkopf des Ganzen verlustig zu gehen droht.
Biberkopf ist zwar "Mittelpunkt der erzählerischen Aufmerksamkeit", aber
nicht "Mittelpunkt der erzählten Welt". (46)

Die Fülle der Welt entfaltet sich also nicht organisch um die Geschichte
eines einzelnen, sondern dissoziiert zu einem Ganzen des Chaos. "Die
Assoziation ist der Versuch, das Ganze im Einzelnen zu geben; freilich das
Ganze des Chaos" ... (47) Die Montagereihen und die Assoziationssprünge
des Erzählers stellen die Welt in zueinander beziehungslosen Partikeln dar.
Die Beziehungslosigkeit der Teile untereinander verhindert ein einheitliches
Sinngefüge. Aus der Sicht des Subjekts erscheint so die Welt als verunstal-
tete. In ihrer Deformation kann sie auch nicht mehr auf das Sinnbedürfnis
des Menschen antworten.

2.2. Defizienz von Charakter und Handlung

In diesem Roman brechen die Wellen der Sprache über die Subjekte, von
denen erzählt wird, zusammen. Was sich in diesem Werk ausbreitet, ist das
Gesprochene in den bereits benannten vielfältigen Formen. Das Ausufern
dieser immensen Sprachmasse macht auch nicht vor den Personen halt.
Alle momentanen Gedanken der Figuren werden in den Berliner Dialekt
zurückübersetzt. Redend und denkend sind die Personen immer nur Teile
eines vorstrukturierten Sprachgefüges. Der ehemals geschützte Kosmos
der Innerlichkeit ist aufgesprengt und dem allumgreifenden Berliner Dialekt
verfügbar. Mit dem Verlust eines autonomen Innenraums entziehen sich die
Figuren der psychologischen Klassifikation. Hinzu kommt noch ihr stets
punktueller Sprach- und Lebensvollzug, der nicht über ihre momentane

Situation hinausgreift. Sie vermögen ihr Leben nicht planvoll zu gestalten und zu einem zweckrealisierenden Handeln voranzuschreiten Die Herausforderung ihrer Umwelt ringt ihnen nur ständig neue Reaktionen ab. Die Präpotenz der Außenwelt kehrt in ihren Sprachreflexen wieder. In der erlebten Rede manifestiert sich "die Übermacht der Dingwelt". (48)

Die Bewußtseinsinhalte können sich nicht als die einem bestimmten Subjekt allein zugehörigen ausweisen. Deshalb ist es auch problematisch, etwa der Hauptfigur Biberkopf Konturen seiner Persönlichkeit oder einen scharf umrissenen Charakter abgewinnen zu wollen. Stellvertretend für viele soll der Charakterisierungsversuch F. Martinis angeführt werden:

"Der Arbeiter Franz Biberkopf läßt typische Züge des 'Helden' des deutschen Entwicklungsromans erkennen: Einfalt und Abenteuerlust, Innerlichkeit und Lebensbegierde, Grüblertum und Daseinsoffenheit, eine schleichende, im Willen gehemmte Passivität, Gutmütigkeit, Verletzbarkeit, eine nach Neuem beständig ausgreifende Unruhe" ... (49)

Diese Prädikationen sind so nichtssagend wie phrasenhaft, so unklar wie falsch. Sie verweisen nur auf die Aporie des Interpreten, aber treffen nicht auf Biberkopf zu. Das Dilemma dieser Interpretation liegt im unterschlagenen Konnex zwischen Charakter und Handlung. "Romantechnisch betrachtet, ist die Inkonsistenz der Charaktere eine notwendige Folge aus dem Fehlen der Handlung im herkömmlichen Sinne". (50) Schon mehrfach ist darauf hingewiesen worden, daß in diesem Roman keine linear fortschreitende Handlung stattfindet. Die Handlung aber "ist die klarste Enthüllung des Individuums, seiner Gesinnung sowohl als auch seiner Zwecke; was der Mensch im innersten Grunde ist, bringt sich erst durch sein Handeln zur Wirklichkeit". (51) In der engen Verknüpfung von Handlung und Charakter, dargestellt an der Geschichte eines besonderen Individuums, ist zugleich intendiert, daß alle besonderen Erscheinungen dieser Geschichte als Darstellung eines Allgemeinen zu begreifen sind. Eine individuelle Begebenheit soll repräsentativ werden dadurch, daß die Gesinnung eines Individuums aufs engste verknüpft wird mit der in extenso ausgebreiteten Romanwelt. Dieses Strukturmodell wird - wie auch in diesem Roman - in der modernen Romanproduktion des 20. Jh. weitgehend annulliert. Es wird bewußt darauf verzichtet, einen individuellen Charakter in seinen Handlungen und in seinem Konflikt mit der Welt mittels einer in sich geschlossenen Geschichte darzustellen. Denn es ist "ideologisch schon der Anspruch des Erzählers, als wäre der Weltlauf wesentlich noch einer der Individuation, als reichte das Individuum mit seinen Regungen und Gefühlen ans Verhängnis noch heran, als vermöchte unmittelbar das Innere des Einzelnen noch etwas." (52) Das Defizit an Charakteren und zielstrebigen Handlungsverläufen ist der Erkenntnis geschuldet, daß die Konzentration auf individuelle Lebenskonflikte nicht an das Wesen der menschlichen Lebenswelt heranreicht. So bleibt auch das Leben Biberkopfs in der Tat ein unwesentlicher Teil der Großstadtereignisse. Der Erzähler selbst gesteht die Partikularität der Biberkopfgeschichte ein, als er sich nach einem seiner zahlreichen Exkurse an die gestellte Aufgabe erinnern muß. Für ihn gilt es nämlich: "... ruhig den Spuren meines kleinen Menschen in Berlin, Zentrum und Osten, zu folgen." (S. 170) Biberkopfs Leben wird nicht in einer kontinuierlichen Geschichte entwickelt, sondern es werden Franzens Lebensspuren gesammelt. Spurensicherung ist bezeichnender Weise das Unterfangen des Erzählers. Inmitten des Weltgetriebes wird Franz Biberkopf immer wieder als einer unter vielen entdeckt. Gegen die Gefahr, daß er sein Sujet aus den Augen verliert, ist der Erzähler nicht gefeit. Der didaktische Erzähler rekurriert auf das Leben von Franz Biberkopf als ein Demonstrationsobjekt. Die Didaxe der Erzählerrolle macht Biberkopf zum Lerngegenstand. Anhand seines Lebens werden die allgemeinen Wirkkräfte und Gesetzmäßigkeiten der gesellschaftlichen Lebensordnung aufgezeigt. Nicht ein per se bedeutungsvolles Individualschicksal wird ausgebreitet, sondern Biberkopfs Leben wird als Exempel allgemein bestehender Sachverhalte aufgegriffen. Diese universalen gesellschaftlichen Zusammenhänge bestehen unabhängig von seinem partikularen Leben. Sie sind in einem allegorischen Deutungssystem angezeigt.

2.3. Allegorisierungstechnik und ästhetischer Sinnzusammenhang

Der konkrete Lebensvollzug von F. Biberkopf wird nicht als ein einheitliches, sinnvolles Ganzes dargestellt. Das Fehlen eines ausgeprägten Charakters und eines konsequent durchgehenden Handlungsverlaufs bedingen den mangelnden Motivationszusammenhang zwischen den Szenen. Was vorgestellt wird, sind Streiflichter aus dem Leben von F. Biberkopf. Selbst das Innere der Hauptfigur leistet keinen erkenntlichen Szenenzusammenhang mehr. Es verwandelt sich oft selbst zurück in Liedreime und Motivzitate. Wenn Franz in seiner merkwürdigen Hingezogenheit zu Reinhold sich auf den Weg zu ihm macht, ertönt das Tschingdarada und Trommelgerassel der Bataillone. (S. 262/266/267) Als Franz bei Reinhold angekommen ist, weiß er nicht, was ihn hierhergebracht hat. Auch der Erzähler gibt keine Auskunft über Franzens Motivation. Die Person wird von etwas bestimmt, was sich der psychologischen Einfühlung entzieht. Die Motivation bedeutet zunächst "Zusammenhang, und zwar den Zusammenhang zwischen Motivierendem und Motiviertem. Wenn man in diesem Sinne von Motivation spricht, so versteht man wohl darunter in erster Linie psychologische Motivation." (53) Genau diese psychologische Motivation wird in der Figur Biberkopf häufig unterschlagen. Die handlungsaufbauende, für die Romanform konstitutive "Motivation von vorne" wird zersetzt durch eine der "Form der Individualität" vorausliegende Erzählstruktur mit dem Moment des "Gehabtseins", der "Wiederholung" und der "Motivation von hinten". (54) Biberkopf wird als Lebender mit den Insignien des Todes behaftet. Er wird "bedeutet" von den sich stereotyp wiederholenden Leitmotiven. Wie aus dem Motiv der marschierenden Soldaten hervorgeht, ist er von obsessiven Verhaltensweisen "gehabt", die ihn zu seinem vorbestimmten Ende führen. Sie liefern ihn den Händen Reinholds aus, in dem sich die Gewalt inkorporiert. Biberkopfs Leben bewegt sich in dem Beziehungsgeflecht von Gewalt, Kampf, Opfer und Tod. Um ihn herum postieren sich allegorische Mächte. Denn das faktische Geschehen um Biberkopf strahlt durch sich selbst keine Bedeutung aus. Der Roman droht aus den Fugen zu fallen. Da tritt der allegorisierende Erzähler auf den Plan. Die Allegorisierung unternimmt den Rettungsversuch der einzelnen Phänomene. Sie stattet das in Bruchstücken vorgestellte Leben des F. Biberkopf mit Bedeutung aus. Die Allegorie aber, nimmt das Einzelne nur als Beispiel, an dem sich das Allgemeine demonstrieren läßt. So dient Biberkopfs Geschichte als Exempel, das der didaktische Erzähler statuiert. Der allegorische Apparat wird zum Komplement der Beispielgeschichte. Wo in der Erscheinung einer Sache nicht zugleich ihr Wesen aufleuchtet, bedarf es eines verweisenden und deutenden Erzählers. Deshalb gehört zum Geschäft des Allegorisierens eine "Steht-für-Struktur". (55) Der wissende Erzähler vermittelt durch Interpretations- und Deutungsmuster das versprengte Einzelne mit dem, was es bedeuten soll. Die Allegorie bedarf also einer Instanz des Wissens und der Interpretation. "Denn nur für den Wissenden kann etwas sich allegorisch darstellen." (56) Diese treffende Formulierung W. Benjamins markiert den Schnittpunkt zweier Erzählstrategien in Döblins Roman: Evident wird der enge Zusammenhang von Didaxe und Allegorisierung. Beide Erzählmodi stehen nicht zufällig nebeneinander, sondern beziehen sich aufeinander. Der Erzähler bereitet seine Beispielgeschichte didaktisch auf und gibt Deutungsanweisungen.

Die Sinn- und Bedeutungsgebung der Geschichte erwächst also nicht aus der Perspektive des Subjekts. Sein an sich partikulares und kontingentes

Leben erhält erst Bedeutung, indem es in ein allegorisches Deutungssystem aufgehoben wird. Erst dadurch werden seine Widerfahrnisse mit Bedeutung ausgestattet: "An Bedeutung kommt ihm das zu, was der Allegoriker ihm verleiht". (57)

Die Defizienz des Sinngehalts im partikularen Trümmerwerk von Biberkopfs Leben soll behoben werden durch die Bedeutungsfülle auf einer höheren Ebene. Der Roman bekundet das grundsätzliche Auseinanderfallen von faktischer Romanwelt und ästhetischem Sinnzusammenhang. Dieses In-eins von Faktum und Sinn ist aufgekündigt. Im Akt des Allegorisierens selbst, der als Versuch zur Rettung der Phänomene und der Sinnherstellung gilt, bleibt die Spur des Auseinanderfallens von Faktizität und Sinngehalt erkenntlich.

Mit der Liquidation der durch einen individuellen Lebensinn ausgewiesenen Bildungsgeschichte beschreitet die moderne Erzählkunst neue Wege. Im Umfeld des modernen Romans nimmt A. Döblins "Berlin Alexanderplatz" eine gewichtige Stellung ein. Er bezeichnet genau den Punkt, an dem zwar die Bildungsgeschichte beibehalten, aber auch zugleich ihre Auflösung betrieben wird. Die Auflösung der Lebensgeschichte als repräsentative Sinneinheit findet in der Zertrümmerung der traditionellen Romanform ihr darstellungstechnisches Korrelat. Die neue epische Dimension, die in diesem Roman sichtbar wird, fügt sich nicht mehr in die traditionelle Romanstruktur ein. Auf der Suche nach der Möglichkeit eines neuen Romans hat A. Döblin mit seinem Werk "Berlin Alexanderplatz" ein bedeutendes Kapitel der Gattungsgeschichte Roman geschrieben.

Aus der zertrümmerten traditionellen Romanwelt, wie sie sich in der Liquidation der Bildungsgeschichte darstellt, kristallisiert sich ein neues Strukturmodell des Romans heraus. Da ein im voraus konstituiertes Sinngefüge mittels der individuellen Perspektive fehlt, richtet sich der Blick des Lesers auf die Sinnherstellungsebene, auf den Signifikanten selbst. (58)

Hinter dieser strukturellen Verschiebung der Erzählkunst steht auch eine Bewußtseinsverschiebung des Autors. Der Autor tritt zwar als verweisender und deutender Erzähler auf, stürzt aber den Leser immer wieder in ein ambivalentes Feld von Deutungen und Anspielungen, evoziert dessen geistige Kreativität und fordert ihn auf zum Vergleichen und zum Beurteilen.

Am Ende gibt der Erzähler gar seine didaktische Rolle auf und entläßt Franz Biberkopf und den Leser in die Aporie. Denn der Schluß ist offen, die Antinomien bleiben, ein versöhnendes und harmonisches Ende kann nicht gelingen, da der Autor sich nicht als Erlöser und Retter des Individuums versteht.

Im Allegorisierungssystem hat er lediglich ein Koordinatennetz angelegt, vergleichbar jenem Geometer, von dem Roland Barthes sagt, daß er sich nie anmaße, "durch sein System die Landschaft selbst wiederzugeben, sondern sich mit dem bescheidenen Gestus des Zeigens und Hinweisens begnüge". (59)

Der deiktische Gestus des Erzählers verweist den Leser auf ein Signifikantensystem mit paradigmatischen und syntagmatischen Beziehungen. (60) Bilderreihen und Leitmotive werden nämlich paradigmatisch angelegt und syntagmatisch miteinander verknüpft und kombiniert. Das Bewußtsein des Autors wandelt sich also tendenziell zu einem pradigmatisch-syntagmatisch verfahrenden Bewußtsein, weil der Autor nicht in der traditionellen symbolischen Erzählmanier verharrt, sondern ein groß angelegtes Signifikationsgeflecht entwirft. Daher rührt auch die vielzitierte "Architektonik" des modernen Romans, die auch im "Berlin Alexanderplatz" manifest wird. Verantwortlich für diese architektonische Struktur ist das Prinzip der Montage, von dem her sich dieser Roman auch als "Montageroman" kennzeichnen läßt. (61)

Die Montage ist nicht nur wirksam, indem sie vielfältige Geschehnisse, Texte und Dokumente in die Romanhandlung einmontiert, sondern sie ist auch dort am Werk, wo der allegorische Apparat als Signifikant einmontiert wird. Mit diesem erweiterten Begriff der Montage läßt sich das Strukturmodell von Döblins "Berlin Alexanderplatz" kennzeichnen.

VI. Wolfgang Koeppen: "Tauben im Gras" (1951)

Großstadt als Begegnungsnetz

Während in der Nachkriegszeit Autoren wie H. Böll, G. Grass und M. Frisch mit ihren Romanen großen Erfolg beim Publikum hatten und haben, ist das schriftstellerische Talent W. Koeppens lange Zeit verkannt worden. Auch in Schullesebüchern finden seine Werke kaum einen Platz, und von dem Literaturbetrieb wurde er kaum tangiert. Dabei war es Wolfgang Koeppen allein, der in seinen drei Nachkriegsromanen "Tauben im Gras", "Das

Treibhaus" und "Der Tod in Rom" an die literarische Moderne, an Joyce und Dos Passos anknüpfte, während Autoren wir W. Borchert oder Heinrich Böll ("Wo warst du Adam?" 1951) weitgehend die traditionelle Romanform pflegten. Als im Deutschland der 50er Jahre Vergangenheitsbewältigung und Heimkehrergeschichten den literarischen Markt fest im Griff hatten, legte Wolfgang Koeppen der literarischen Öffentlichkeit ein Buch vor, das damals seinesgleichen nicht hatte.

Der Großstadtroman "Tauben im Gras" (1951) hat die unmittelbare Gegenwart der gerade gegründeten Bundesrepublik zum Thema: Währungsreform, Wiederbewaffnung, restaurative Tendenzen im politischen und wirtschaftlichen System. Die Orientierung an dem epochemachenden Roman "Ulysses" von James Joyce ist augenfällig, da die Romanhandlung in Koeppens Großstadtroman ebenfalls die Zeit eines Tages, es sind genau 18 Stunden, umschließt. Die Totalität der gesellschaftlichen Wirklichkeit wird in diesem engen Zeitrahmen an vielen Stätten und Orten der Stadt München sichtbar, die zwar nicht namentlich genannt wird, aber unverkennbar und unverwechselbar ist. In 106 unterbrochenen Abschnitten wird ein Gesamtbild der Nachkriegsgesellschaft um 1950 entworfen. Anders als in Döblins "Berlin Alexanderplatz" wird hier nicht mehr an der Geschichte eines einzelnen festgehalten, Hauptfiguren oder gar Haupthandlungen sind nicht mehr erkennbar. Auf eine Fabel, mag sie einsinnig durcherzählt sein oder auch unterbrochen und zerstückelt sein, wird endgültig verzichtet, da sie für die Gesamtdarstellung politischer und gesellschaftlicher Gehalte nicht mehr repräsentationsfähig erscheint.

1. Geschehen als Netzkomposition

Beim Fehlen der Fabel kann sich das interpretatorische Interesse nicht mehr auf einen linearen Entwicklungsgang richten, sondern muß das Kompositionsmuster des Romans offenlegen.

Anfang und Ende schließen ringförmig das Figurengefüge des Romans ein mit allgemeinen Aussagen zur politischen Lage Deutschlands. Im assoziativ fortschreitenden Gedankengang werden die politischen Probleme protokollartig angedeutet. Schlagzeilen aus der Presse sind in den Text einmontiert, so daß Zitatmontagen und assoziative Gedankenreihen die Teststruktur bestimmen. Die politischen Stichworte reichen sich die Hand: Ölkrieg, Rüstung, Atomversuche, Remilitarisierung der Bundesrepublik. Die Welt ist von Spannung und Konflikt überschattet, und Deutschland, an der Nahtstelle zwischen West und Ost gelegen, ist besonders davon betroffen. Das Leben in dieser Zeit und in diesem Land wird nur als Atempause auf einem Schlachtfeld gedeutet. Eindringlich und appellativ kehren diese Beschwörungsformeln wieder in den Schlußworten des Romans: "... Deutschland lebt an der Nahtstelle, an der Bruchstelle, die Zeit ist kostbar, sie ist eine Spanne nur, eine karge Spanne, vertan, eine Sekunde zum Atem holen, Atempause auf einem verdammten Schlachtfeld." (S. 210)

Damit ist der Rahmen für das Romangefüge gestellt, und die in ihm notierten politischen Verhältnisse bilden zugleich die Lebensbedingungen der auftretenden Figuren. In diesem Roman führt der Erzähler Figuren aus allen Schichten der Gesellschaft zusammen, die alle an ihrer Vergangenheit oder ihrer Gegenwart leiden und sich aus verschiedenen Gründen als Opfer ihrer Zeit fühlen: Der sensible Schriftsteller Philipp, der nicht mehr schreiben kann, Emilia, seine Frau, die, aus großbürgerlichen Verhältnissen stammend, mit ihrer gegenwärtigen finanziellen Misere hadert, der Schauspieler Alexander, der in Kitschfilmen einen Helden spielen muß, der er nicht ist, sein liebestolles Weib Messalina, die ihr Leben in Orgien und Partys aufbraucht, Carla, die verachtet wird und teilweise auch sich selbst verachtet, weil sie mit dem Neger Washington Price zusammenlebt, Mr. Edwin, der Dichter aus Amerika, der inmitten der Trümmer Trost und Hoffnung spenden soll, die ahnungslose Lehrerinnengruppe aus Massachusetts usw. — Deutsche, Amerikaner, Schwarze und Weiße, Kinder und Erwachsene bevölkern den Raum. Diese Figuren bilden zusammen kein Handlungskontinuum, sondern sie sind vereinzelt oder meist paarweise eingesperrt in etwa zwanzig Erzählsträngen, die ineinander verkettet sind und sich gegenseitig durchkreuzen. So ist es nicht verwunderlich, daß sich gerade am geographischen Ort einer Straßenkreuzung verschiedene Erzählstränge treffen.

"Die Verkehrsampel stand auf Rot und hemmte den Übergang, Straßenbahnen, Automobile, Radfahrer, schwankende Dreiradwagen und schwere amerikanische Heerestrucks strömten über die Kreuzung." (S. 39)

"Das rote Licht sperrte vor Emilia den Weg" ... (S. 40)

"Im Wagen des Konsuls (...) fuhr Mrd. Edwin über die Kreuzung" ... (S.40)

"O weh, er schwankt, er hält sich - er hielt sich im Gleichgewicht (...) Dr. Behude, Facharzt für Psychiatrie und Neurologie, er trat die Pedale" (S. 42/43)

"Washington Price lenkte die horizontblaue Limousine über die Kreuzung ..." (S. 43)

"Der Autobus mit der Reisegesellschaft der Lehrerinnen aus Massachusetts passierte die Kreuzung ..." (S. 47)

"Grünes Licht. Messalina hat sie entdeckt. (...) Emilia wollte ihr entwischen ..." (S. 49)

"Das grüne Licht. Sie gingen weiter, Bahama-Joe. Josef blinzelte zum alten Wirtshaus 'Zur Glocke' hinüber ..." (S. 51)

Die Kreuzung kann zum Knotenpunkt der Erzählstränge werden ebenso wie später eine Telefonzelle, ein Antiquitätenladen, die Heilig-Geist-Kirche, das Bräuhaus, der Negerklub und das Amerikahaus. Diese Orte werden im Verlauf des Romangeschehens zu Hauptverknüpfungsstationen von Erzählsträngen und Figuren, ohne daß aber daraus eine lineare Handlung sich entwickeln könnte. Der Erzähler knüpft die Knoten und löst sie wieder auf, er führt Figuren zusammen und treibt sie wieder auseinander. So erscheint die Großstadt als groß angelegtes Begegnungsnetz, das an mehreren Stellen Hauptknoten aufweist, nämlich dort, wo die Gleichzeitigkeit mehrerer Ereignisse am gleichen Ort nacheinander erzählt wird. Aus diesem Grund wird die Sukzession der Zeit von der räumlichen Simultanität überlagert.

Während in "Berlin Alexanderplatz" noch der Lebensweg des Franz Biberkopf als unterbrochene Linie erkennbar bleibt, treiben in diesem Roman alle Figuren wie Partikel im Großstadtkollektiv umher. Langfristig kommt zwischen ihnen keine Interaktion zustande, ihre Bewegungen sind oft nur flüchtige oder auch ungewollte Kontakte, wie z. B. bei Emilias und Messalinas Begegnung an der Kreuzung oder Philipps und Mr. Edwins Zusammentreffen im Hinterhof des Hotels. Das ausgeworfene Begegnungsnetz des Erzählers demonstriert gleichzeitig die Zufälligkeit der Begegnung und die innere Beziehungslosigkeit der Figuren zueinander.

2. Die Figuren als Figuranten der Zeitproblematik

In "Berlin Alexanderplatz" gilt das Interesse des Erzählers noch einer bestimmten Figur, deren Lebensweg von ihm selbst didaktisch aufbereitet und gedeutet wird. In "Tauben im Gras" veranstaltet der Erzähler einen ständigen Perspektivenwechsel. Jederzeit kann eine neue Figur zum Träger der neuen Erzählerperspektive werden, ohne daß der Leser vororientiert wird. Figurenrede vermischt sich mit Erzählerbericht und Erzählerkommentar, so entsteht ein ständiger Einstellungswechsel, der ein komplexes Bild von der Realität entstehen läßt.

Eine der vielen Figuren, die in diesem Roman herbeizitiert werden, um sie gleich wieder dem Vergessen zu überlassen, ist der Luftwaffensoldat Richard Kirsch aus USA, der als Angehöriger der amerikanischen Besatzungstruppe nach München kommt. Seine Ankunft wird vom Erzähler assoziativ gespiegelt mit dem Übergriff des Kaisers Augustus nach Griechenland, welcher dort die Ordnung wiederherstellen wollte. Die historischen Anspielungen - das vom Erzähler eingebrachte Wissen - sprengen die begrenzte Figurenperspektive und eröffnen einen Reflexionsraum. Richard Kirsch sitzt im Flugzeug und blickt auf das europäische Festland hinab, während die Maschine München ansteuert.

... "blickte herab auf sie in aller Tatsächlichkeit, herab auf ihre Länder, ihre Könige, ihre Grenzen, ihren Hader, ihre Philosophen, ihre Gräber, ihren ganzen ästhetischen, pädagogischen, gedanklichen Humus, ihre ewigen Kriege und Revolutionen, er blickte herab auf ein einziges lächerliches Schlachtfeld, die Erde lag unter ihm wie auf einem Chirurgentisch: arg zerschnitten. Natürlich sah er es nicht wirklich so; er sah weder Könige noch Grenzen, wo vorläufig nur Nebel und Nacht war, auch sein geistiges Auge stellte es sich nicht vor, sein Schulwissen war es, das den Erdteil so sah. Geschichte war Vergangenheit, die Welt von gestern, Jahreszahlen in Büchern, eine Kindermarter, jeder Tag aber bildete auch wieder Geschichte, neue Geschichte, Geschichte im Präsens, und das bedeutete Dabeisein, Werden, Wachsen, Handeln und Fliegen. Man wußte nicht immer, wohin man flog. Erst morgen würde alles seinen historischen Namen erhalten, mit dem Namen seinen Sinn, würde echte Geschichte werden, in Schulbüchern altern, und dieser Tag, dies Heute, dieser Morgen würde einst für ihn 'meine Jugend' sein. Er war jung, er war neugierig, er würde sich's anschauen: das Land der Väter. Es war eine Morgenlandfahrt. Kreuzritter der Ordnung waren sie, Ritter der Vernunft, der Nützlichkeit und angemessener bürgerlicher Freiheit: sie suchten kein Heiliges Grab. Es war Nacht, als sie das Festland erreichten. Am klaren Himmel leuchtete vor ihnen ein frostiges Licht: der Morgenstern, Phosphoros, Luzifer, der Lichtbringer der antiken Welt. Er wurde zum Fürsten der Finsternis. Nacht und Nebel lagen über Belgien, über Brügge, Brüssel und Gent. Der Dom zu Köln hob sich aus dem Morgengrauen. Das Morgenrot löste sich wie eine Eischale von der Welt; der neue Tag war geboren. Sie flogen den Rhein aufwärts. Lieb-Vaterland-magst-ruhig-sein-fest-steht-und-treu-die-Wacht-am-Rhein: Lied des Vaters, als er achtzehn war, Lied des Wilhelm Kirsch in Schulklassen, in Kasernenstuben, auf dem Exerzierplatz, auf Märschen gesungen, Wacht des Vaters, Wacht des Großvaters, Wacht des Urgroßvaters, Wacht am Rhein, Wacht von Brüdern, Wacht von Vettern, Wacht am Rhein, Grab von Ahnen, Grab der Blutsverwandten, Wacht am Rhein, nicht erfüllte Wacht, mißverstandene Wacht, sie-sollen-ihn-nicht-haben, wer? die Franzosen, wer hatte ihn schon? die Menschen am Strom, Schiffer, Fischer, Gärtner, Winzer, Händler, Fabrikherren, Liebende, der Dichter Heine, wer soll ihn haben? wer mag, wer da ist, hatte nun er ihn, Richard Kirsch, Soldat der US-Luftwaffe, achtzehn Jahre alt, der ihn von oben betrachtete, oder war er es gar nun wieder, der die Wacht am Rhein bezog, guten Glaubens wie sie und vielleicht wieder in der Falle eines Mißverstehens des geschichtlichen Augenblicks? Er dachte 'wenn ich etwas älter wäre, vierundzwanzig vielleicht statt achtzehn, dann hätte ich auch mit achtzehn Jahren hier fliegen, hier zerstören und hier sterben können, wir hätten Bomben gebracht, wir hätten Bomben geworfen, wir hätten einen Weihnachtsbaum angezündet, wir hätten einen Teppich ausgelegt, wir wären ihr Tod gewesen, wir wären vor ihren Scheinwerfern in den Himmel getaucht, wo wird das einmal sein? wo werde ich ausüben, was ich lerne? wo werde ich Bomben werfen? wen werde ich bombardieren? hier? diese? weiter vor? andere? weiter zurück? wieder andere?' Über Bayern trübte sich das Land ein. Sie flogen über den Wolken. Als sie landeten, roch die Erde feucht. Der Flughafen roch nach Gras, nach Benzin, Auspuffgasen, Metall und nach etwas Neuem, nach der Fremde, es war ein Backgeruch, ein Brotteiggeruch nach Gärung, Hefe und Alkohol, appetitanregend und animierend, es dunstete nach Biermaische aus den großen Brauereien der Stadt." (S. 36/37)

Nur wenige Sätze in diesem Textausschnitt sind detaillierter Erzählbericht über geographische Gegebenheiten. Der Bericht wird ständig unterbrochen von Kommentaren und Reflexionen des Erzählers. In parallel geschalteten Satzgliedern einer überlangen Satzaddition werden die Assoziationen und Aufzählungen meist anaphorisch gelenkt, geleitet und weitergeschoben ("er blickte herab"), oder es werden gewisse Schlüsselworte oder Schlüsselbegriffe weitergegeben und Gedankenketten gebildet: "Geschichte", "Kreuzritter", "Wacht am Rhein". Selbst faktische Gegebenheiten werden metaphorisch verfremdet, wenn am noch finsteren Morgenhimmel der Morgenstern zum "Fürsten der Finsternis" sich wandelt und mit Luzifer, dem Lichtbringer der antiken Welt, kontrastiert wird. An vielen Gegenständen entzündet sich die Reflexionsfantasie des Erzählers, weitet den Raum aus zu historischen

Dimensionen, wie es das Sprachspiel "Wacht am Rhein" zeigt. Die Erzählerreflexionen werden wieder abrupt abgebrochen durch Figurenrede, wie hier durch Fragen und Spekulationen des Richard Kirsch. In seinen Gedanken, die durch die Verwendung der Anapher stilistisch auffallend formuliert sind, spiegelt sich zugleich die Vergangenheit der Kriegskatastrophe als auch ein möglicher und zukünftiger Krieg. Die Unsicherheit der politischen Situation im Spannungsfeld Deutschlands kehrt wieder in den Gedanken des jungen US-Soldaten.

Die Ankunft einer anderen Person, nämlich die Ankunft des preisgekrönten Dichters Mr. Edwin, gibt Anlaß zu vertieften Reflexionen und Spekulationen über die geistige und politische Lage der Stadt. Die Stadt erschreckt Mr. Edwin. Die Zukunft der Stadt sieht er in der Schwebe, an einem Abgrund hängend und nur mühsam die Balance haltend. Er selbst fährt mit seinem schwarzen Cadillac, der metaphorisch zum Sarg verfremdet wird, durch die Straßen, müde und überanstrengt.

"Was brachte er dem Land mit, Goethe, Winckelmann, Platen, was brachte er mit? Sie würden empfindlich, vielleicht empfänglich sein, die Geschlagenen, sie würden wach sein, schon geweckt vom Unheil, sie würden voll Ahnung sein, näher am Abgrund, vertrauter mit dem Tod. Kam er mit einer Botschaft, brachte er Trost, deutete er das Leid? Er sollte über die Unsterblichkeit sprechen, über die Ewigkeit des Geistes, die unvergängliche Seele des Abendlandes, und jetzt? jetzt zweifelte er. Seine Botschaft war kalt, sein Wissen war erlesen. Erlesen im Doppelsinn, aus Büchern stammend, aber auch ausgewählt, ein Extrakt aus dem Geist der Jahrtausende, erlesen, aus allen Zungen erlesen, der Heilige Geist, ausgegossen in die Sprachen, erlesen, kostbar, die Quintessenz, funkelnd, destilliert, süß, bitter, giftig, heilsam, fast schon die Deutung, aber die Deutung der Geschichte nur, schließlich auch diese Deutung fragwürdig, die schöngeformten klugen Strophen, sensible Reaktionen, und dennoch: er kam mit leeren Händen, ohne Gabe, ohne Trost, keine Hoffnung, Trauer, Müdigkeit, nicht Trägheit, Herzensleere. Sollte er nicht schweigen?" (S. 41/42)

Die Figurenrede wird in der dritten Person vorgetragen und entspricht formal der erlebten Rede. Die Gedankenbewegung ähnelt jedoch einem stummen Monolog. So wechseln sich denn in diesem Roman auch mühelos in der Figurenrede die erste und dritte Person ab.

In den vorgetragenen Reflexionen verschmilzt die Firgurenperspektive oft ununterscheidbar mit den Überlegungen des Erzählers - eine Erzähltechnik, die in diesem Roman sehr häufig ist. Überall nämlich findet dieses bohrende und selbstquälerische Nachdenken statt, indem sich das Innere der Figuren zum Reflexionsraum weitet. Hier findet auf hohem geistigen Niveau ein Monolog über die Funktion der Intellektuellen statt. Mr. Edwin sieht sich nicht in der Lage, Sinn oder Trost zu spenden, denn in dieser heillosen Zeit gibt es keine gesicherte Deutungsinstanz, schon gar nicht kann es der Dichter sein, dessen Wissen zwar erlesen ist, aber für diese Zeit untauglich geworden ist. Gegen das weitverbreitete Pathos des moralischen und geistigen Neubeginns setzt W. Koeppen in Gestalt des Dichters Edwin die Trauer über Vergangenes und Gegenwärtiges und die Resignation vor der Zukunft.

Von Hoffnungslosigkeit ist auch ein anderer Intellektueller in diesem Roman gekennzeichnet, nämlich der sensible Schriftsteller Philipp. Sein erstes Buch ist in der Katastrophe des nationalsozialistischen Regimes ohne Wirkung geblieben, und seitdem ist er wie gelähmt; er kann nicht mehr schreiben, an einem Schauplatz lebend, der vielleicht "für ein neues blutiges Drama hergerichtet wurde". (S. 96) Offenbar wird Philipps Realitätsflucht, weil er regelmäßig den Psychiater Dr. Behude aufsucht, von dessen Behandlung er sich aber nichts verspricht. Philipp liebt es aber, im verdunkelten Behandlungszimmer seinen Gedanken freien Lauf zu lassen. Die Gedanken Philipps kreisen um seine Haltung in der nationalsozialistischen Diktatur, um seine Haltung zur Politik und um Kindheitserinnerungen.

"ja, meine Schuld, jedermanns Schuld, alte Schuld, Urväterschuld, Schuld von weither, wenn sie tobt schreit sie ich sei ein Kommunist, hat es dazu gelangt? es hat nicht dazu gelangt, ich hätte Schriftsteller sein können, ich hätte auch Kommunist sein können, alles verfehlt, Kisch sagte im Romanischen Cafè "Genosse" zu mir, ich sagte "Herr Kisch", ich mochte ihn: Kisch rasender Reporter wohin raste er? ich verabscheue die Gewalt, ich verabscheue Unterdrückung, ist das Kommunismus? ich weiß es nicht, die Gesellschaftswissenschaft: Hegel Marx die Dialektik die marxistisch-materialistische Dialektik - nie begriffen, Gefühlskommunist: immer auf der Seite der Armen sinnlos empört, Spartakus Jesus Thomas Münzer Max Hölz, was wollten sie? gut sein, was geschah? man tötete sie, kämpfte ich in Spanien? mir schlug die Stunde nicht, ich drückte mich durch die Diktatur, ich haßte aber leise, ich haßte aber in meiner Kammer, ich flüsterte aber mit Gleichgesinnten, Burckhardt sagte mit Leuten seiner Art sei kein Staat zu machen, sympathisch, aber mit Leuten dieser Art ist auch kein Staat zu stürzen, keine Hoffnung, für mich nicht mehr, Behude sagt für mich gäbe es Hoffnung,

Rilke-Lyrik: von-einer-Kirche-die- im-Osten-steht, verschwommen kein Weg, der Osten in mir: die Kinderlandschaft, meine recherche-du-temps-perdu, suchet-so-werdet-ihr-finden, Gerüche, die Bratäpfel, Geräusche, das knisternde Fell der Katze, das Knirschen der Kufen der Holzschlitten auf dem Eis, die einsam auf dem See ihre Pirouetten tanzende nacktbeinige Eva: Schnee Frieden Schlaf." (S. 140/141)

Die unmittelbare Wiedergabe der Gedanken in der 1. Person intendiert gewissermaßen ein Protokoll der Gedanken. Diese Redeweise aus der Perspektive einer bestimmten Figur gilt als innerer Monolog. Die assoziativ kreisende und die Zeitdimensionen sprengende Gedankenbewegung ist kennzeichnend für diese moderne Erzählform. Im "Stream of consciousness" registriert das Bewußtsein mehr oder weniger heterogene Materialien. Kindheitserinnerungen mischen sich mit Zitaten von Buchtiteln, mit Gedichtzeilen, mit Namen von historischen Persönlichkeiten und mit politischen Reflexionen. Im inneren Monolog findet tendenziell die Ablösung der Psychologie vom Subjekt statt. Verschiedenartige Impressionen und Reflexionen garantieren nicht mehr einen geordneten Raum der Innerlichkeit, sondern lassen die Bewußtseinsinhalte unkontrolliert erscheinen. Die inneren Monologe der Personen künden nicht von unverwechselbaren Individualitäten, sondern sie sind in Koeppens Roman gleichsam "das Mahlwerk der Zeit". (1)

Die kreisende Gedankenbewegung dient hier vornehmlich der Erfassung von Problemen der Zeit, wie z. B. dem Problem der Schuld an den Greueln des Krieges oder der Möglichkeit des Widerstands gegen die Diktatur. Gerade im inneren Monolog zeigen sich die Figuren mehr denn je als Figuranten ihrer Zeit. Der Zugang zur Identifikation mit den Figuren wird durch den Verlust individueller Einheiten gestört, die Figuren erscheinen nur als "Aspekte eines Man, das sich in einem Etwas vorfindet, über das es sich nicht mehr die notwendigste Orientierung verschaffen kann." (2)

Auch dort, wo der innere Monolog Unterbewußtes heraufbefördert, ergibt sich kein überschaubares Gesamtbild einer Person. Der Innenraum der Personen erweist sich vielmehr als Anhäufung heterogener Teile und als chaotische Vielfalt von Reflexionen, Impressionen und Zitaten. Als Beispiel sei noch der innere Monolog Emilias, der Frau Philipps, vorgeführt, welche, aus reichem Hause stammend, durch den Krieg in Armut gestürzt worden ist. Die Textpassage beginnt mit dem Erzählerbericht, der dann fast unmerklich in den inneren Monolog übergeht - eine für diesen Roman typische Erzähltechnik.

"Sie wollte vergessen, vergessen die entwerteten Hypotheken, die enteig-
neten Rechte, die Reichsschatzanweisungen im Girosammeldepot, Papier,
Makulatur, vergessen den unrentablen verfallenden Hausbesitz, die Boden-
lasten, die unverkäuflichen Mauersteine, die Kettung an die Ämter, die
Formulare, die gewährten und widerrufenen Stundungen, die Anwälte, sie
wollte vergessen, wollte dem Betrügenden entlaufen, zu spät, der Materie
entkommen, dem Geist nun sich hingeben, dem bisher nicht geachteten,
dem verkannten, er war ein neuer Retter, seine schwerelosen Kräfte, les
fleurs du mal, Blumen aus dem Nichts, der Trost in Dachkammern, wie-
hasse-ich-die-Poeten, die-Pumper, die-alten-Freitischschlucker, Geist Trost
in verfallenen Villen, ja-wir-waren-reich, une saison en enfer: il semblait que
ce fût un sinistre lavoir, toujours accablé de la pluie et noir, Benn Gottfried
Frühe Gedichte, La Morgue ist - dunkele-süße - Onanie, les paradis
artificiels auf den Holzwegen, Philipp auf den Holzwegen, ratlos im Gestrüpp
in den Fußangeln Heideggers, der Geruch nie wieder geschmeckter Bon-
bons auf dem Ausflug mit den Freundinnen, der Lido von Venedig, die Kinder
der Wohlhabenden à la recherche du temps perdu, Schrödinger What is
Life? das Wesen der Mutation, das Verhalten der Atome im Organismus, der
Organismus kein physikalisches Laboratorium, ein Strom von Ordnung, du
entgehst dem Zerfall im anatomischen Chaos, die Seele, ja, die Seele, Deus
factus sum, die Upanischaden, Ordnung aus Ordnung, Ordnung aus Unord-
nung, die Seelenwanderung, die Vielheitshypothese, komme-als-Tier-wie-
der, bin-freundlich-zu-den-Tieren, das-Kalb-am-Strick-das-so-schrie-vor-
dem-Garmischer-Schlachthof, das Geworfensein, Kierkegaard Angst" ... (S.
32/33)

In schwer ausdeutbaren Assoziationen, die oft nur stichwortartig vorgetragen werden, wird der Innenraum durchlässig für vielfältige Anspielungen aus
dem Bereich der Geschichte, der Wissenschaft, der Literatur und der
Philosophie. Der innere Monolog stattet die Figur aus mit Fakten, Theorien,
Erinnerungspartikeln und mit Zeitproblematik, so daß sich der Figurenhori-
zont zu einem Konglomerat von Wissenspartikeln erweitert. Der individuell
verbürgte Erfahrungsbereich weitet sich somit zu einem universalen Hori-
zont, in dem die Komplexität der Realität sichtbar wird.

Das Figurenpaar Carla und Washington Price ist gekennzeichnet vom
Rassenproblem zwischen Schwarz und Weiß. Carla erwartet ein Kind von
dem Neger Washington Price und quält sich mit dem Gedanken, es
abtreiben zu lassen, während Washington Price, erfüllt von Vaterfreuden,
davon träumt, zusammen mit Carla in Paris ein Lokal aufzumachen, an dem

ein Schild hängt mit der Aufschrift: "Niemand ist unerwünscht." Carla hat sich indessen mit ihrer Mutter entzweit und ist nun mit ihrem Problem völlig allein gelassen und desillusioniert.

"Die andere Welt, die schöne bunte Welt der Magazine, der mechanischen Küchen, der Fernsehapparate und der Wohnung im Hollywoodstil" (S. 117) ist für sie endgültig verloren, denn mit ihrer Liebe zu Washington Price ist sie auf der Schattenseite des Lebens plaziert.

"Carla war in den falschen Zug gestiegen. Washington war ein guter Kerl, aber er saß leider im falschen Zug. Carla konnte nichts dafür, sie konnte es nicht ändern, daß er im falschen Zug saß. Alle Neger saßen im falschen Zug. Selbst die Leiter der Jazzkapellen saßen im falschen Zug; sie saßen im Luxusabteil des falschen Zuges. Wie dumm war Carla gewesen. Sie hätte auf einen weißen Amerikaner warten sollen. 'Ich hätte auch einen Weißen haben können, auch ein Weißer wäre zufrieden gewesen, hängen die Brüste? sie hängen nicht, sie sind stramm und rund, wie nannte sie der Kerl? Milchäpfel, sind noch Milchäpfel, der Leib ist weiß, etwas zu dick, aber sie lieben volle Schenkel, das Mollige, ich bin mollig, im Bett bin ich immer mollig, macht Spaß, hätt' ich kein Vergnügen haben sollen? was hat man schon? Bauchweh, aber ich hätt' auch einen Weißen bekommen.' Carla hätte in den richtigen Zug steigen können. Es war nie wiedergutzumachen. Nur der Zug der weißen Amerikaner führte in die Traumwelt der Magazinbilder, in die Welt des Wohlstandes, der Sicherheit und des Behagens. Washingtons Amerika war dunkel und schäbig. Es war eine Welt, so dunkel, so schäbig, so dreckig, so von Gott aufgegeben wie die Welt hier." (S. 117/ 118)

Die aus der Alltagsprache stammende Metapher "in den falschen Zug steigen" wird immer wieder aufgenommen und bildet das vorwärtstreibende Moment in der Gedankenbewegung. Dadurch wird die Reflexion immer weiter geschoben, bis größere Zusammenhänge deutlich werden: Die Welt der Schwarzen ist die Welt der sozial deklassierten Menschen, die Traumwelt der Magazine ist nur reichen Weißen vorgehalten.

In dieser Welt der Magazine, Illustrierten und Traumproduktionen figuriert der Schauspieler Alexander als Heldendarsteller und Liebhaber. Während er seine Rolle als Erzherzog in der Traumfabrik der Kinowelt leidlich erfüllt, vernachlässigt er sein Kind und überläßt es einer bigotten Kinderfrau. Seine Frau Messalina organisiert Partys und illustre Feste und engagiert hübsche Mädchen; eine von diesen ist die Prostituierte Susanne, die später den Neger Odysseus Cotton findet. Neben der Welt der leidenden Intellektuellen und der Kitschwelt des Kinos führt der Erzähler auch in die Unterwelt der Stadt ein. Der Neger Odysseus Cotton, stets ausgerüstet mit einem Kofferradio, drängt sich zusammen mit dem alternden Dienstmann Josef durch die Straßen der Stadt.

"Sie gingen durch die Straßen, Odysseus voran, ein großer König, ein kleiner Sieger, jung, lendenstark, unschuldig, tierhaft, und Josef hinter ihm, zusammengeschrumpft, gebückt, alt, müde und pfiffig doch, und mit seinen pfiffigen Äuglein durch die billige Krankenkassenbrille schaute er auf den schwarzen Rücken, hoffnungsvoll, mit Vertrauen, die leichte Last, den guten Auftrag in der Hand, das musizierende Köfferchen Bahama-Joe mit seinen Klängen, Bahama-Joe mit seinem Musikgeknatter, Stimmengeschnatter, Bahama-Joe mit den gestopften Trompeten, den Drums, den Schellen, dem Gequietsch, Gejaul und dem Rhythmus, der sich ausbreitete und die Mädchen ergriff, die Mädchen, die dachten 'der Nigger, dieser freche Nigger, der greuliche Nigger, nein, ich tät's nicht', Bahama-Joe, und andere dachten 'Geld haben die, so viel Geld, ein schwarzer Soldat verdient mehr als ein Oberinspektor bei uns, US-Private, wir Mädels haben unser Englisch gelernt, Bund Deutscher Mädel, kann man einen Neger heiraten? keine Rassengesetze in USA, Verfemung, kein Hotel nimmt einen auf, die halbschwarzen Kinder, Besatzungsbabies, arme Kleine, wissen nicht, wo sie hingehören, können nichts dafür, nein ich tät' es nicht!' Bahama-Joe, Schnörkel des Saxophons. Eine Frau stand vor einem Schuhgeschäft, sie sah im Spiegel der Scheibe den Neger vorübergehen, sie dachte 'die Sandalen mit dem Keilabsatz, die würden mir gefallen, wenn man mal könnte, die Burschen haben Körper, Manneskraft, sah mal'n Boxkampf, Vater war nachher erschöpft, der nicht' - Bahama-Joe. Sie gingen vorbei an den Trinkbuden, den Stehausschänken, verboten für alliierte Soldaten, und aus den Holzverschlägen krochen sie hervor, die Schlepper, die Wechsler, die Schnapper (...)

Sie umschwärmten sie: Maden am Speck, käsige Gesichter, hungrige Gesichter, Gesichter, die Gott vergessen hatte, Ratten, Haifische, Hyänen, Lurche, kaum noch mit Menschenhaut getarnt, wattierte Schultern, karierte Jacken, dreckige Trenchcoats, bunte Socken, Wulstsohlen unter den spekkigen Wildlederschuhen, Karikaturen einer Revuefilmmode von drüben, arme Schlucker auch, Heimatlose, Verwehte, Opfer des Krieges. Sie wandten sich an Josef, Bahama-Joe: "Braucht dein Nigger deutsches Geld?" - "Wir wechseln deinem Nigger." - "Will er ficken? Drei Mark für dich. Darfst zugucken, Alter, machst die Musik." Bahama-Joe, Musik mit ihrem

Silberklang. Josef und Odysseus hörten das Gewisper und hörten es nicht. Bahama-Joe: sie ließen die Wisperer stehen, die zischenden Schlangen, Odysseus stieß sie zurück, sanft, gewaltig wie ein Walfisch, drängte sie beiseite, die kleinen mickrigen Gauner, die Pickelgesichter, die Stinknasen, die ausgevögelten Burschen. Josef folgte dem mächtigen Odysseus, watschelte in seinem Sog. Bahama-Joe: sie gingen weiter, gingen an den Neubauten der Kinos Unsterbliche Leidenschaft gnadenlos ergreifendes Arztschicksal, an den Neubauten der Hotels Dachgarten über den Ruinen Cocktailstunde vorbei, wurden von Kalkstaub berieselt, mit Mörtel beworfen, gingen durch die auf Trümmerfeldern errichteten Ladenstraßen, zur Linken und zur Rechten die ebenerdigen Baracken, blitzend mit Chromleisten, Neonleuchten und Spiegelscheiben: Parfum aus Paris, Dupont-Nylon, Ananas aus Kalifornien, schottischer Whisky, bunte Zeitungsstände: Zehn Millionen Tonnen Kohle fehlen. (S. 38 f)

In Gedankenfetzen, Gesprächsfetzen und in der Montage von Schlagzeilen präsentiert sich hier die Stadt mit all ihrem Unrat, ihrer Verkommenheit und ihren unwürdigen Lebensverhältnissen. Das ist eine der wenigen Passagen, in denen die Großstadt mit ihrem Faktenmaterial erscheint. Während in Alfred Döblins Großstadtroman die Faktizität sich gigantisch ausbreitet, bringt Koeppen nur sehr sparsam Tatsachenmaterial in Form von Schlagzeilen oder Gesprächsfetzen ein. "Statt der grandiosen Expansion Döblins bietet Koeppen die gewissenhafte Reduktion." (3)

Reduziert ist bei Koeppen das Faktenmaterial, wohingegen der paraphrasierende und kommentierende Erzähler die Gegenwart im Nachkriegsdeutschland ausleuchtet. Zeigt sich in "Berlin Alexanderplatz" der Erzähler oft als sammelnder, so zeigt er sich in "Tauben im Gras" als reflektierender. Ketten von gedanklichen Assoziationen, Anspielungen und Vergleichen und eine sehr wohl durchdachte Figurenkonstellation bringen teils bekannte teils verborgene Aspekte der Zeitgeschichte zum Vorschein: Ökonomische und wirtschaftliche Probleme, Schwarzmarkt, Nepp, Armut und Aggression, dumpfe Bewußtlosigkeit, Realitätsflucht und Selbstbetrug, Trostlosigkeit, Angst, Entfremdung und Verlorenheit - und dies alles im politischen Spannungsfeld, das von Konfliktverschärfungen und von militärischer Rüstung geprägt ist. Anhand der Figuren demonstriert der Erzähler diese Aspekte des zeitgeschichtlichen Daseins; und die Figuren selbst stehen deutlich im Dienste der Sichtbarmachung der politisch-geistigen Situation im Nachkriegsdeutschland. Dank des konstruktiven Vermögens des Erzählers, "bringen die Figuren" die Totalität des in der Stadt konzentrierten Daseins dieser Zeit zum Vorschein.

3. Romangeschehen und Deutungskonstruktion

Das Romangeschehen, dessen Einzelteile durch ein Netzmuster verknüpft werden, strebt eine Totalität an; doch es ergibt sich aus der Addition verschiedener Figurenperspektiven noch kein organisches Ganzes, sondern ein Ganzes, in dem die disparaten Teile als verknüpfte stets sichtbar bleiben. Hier handelt es sich nicht um ein organisches Kunstwerk, das seinen Zusammenhang und seine Einheit in einer repräsentationsfähigen Fabel findet, sondern um eine architektonisch gebildete und deutlich erkennbare produzierte Einheit.

"Das organische Kunstwerk sucht die Tatsache seines Produziertseins undeutlich zu machen. Das Gegenteil gilt für das avantgardistische Werk: es gibt sich als künstliches Gebilde, als Artefakt zu erkennen." (4)

Damit ist Koeppens moderner Roman in einen größeren Zusammenhang gestellt, der für die moderne Kunstproduktion kennzeichnend ist: die Ablösung des organischen Kunstwerks durch das avantgardistische Werk. Als ein typisches Kennzeichen des avantgardistischen Kunstschaffens gilt die Montage, welche im modernen Roman bereits ein durchgehendes Stilmittel wird. Wie in "Berlin Alexanderplatz" das Faktenmaterial durch die Montage zusammengeschmolzen wird, so wird in "Tauben im Gras" durch die Montage der Erzählstränge und Figurenperspektiven eine Ganzheit hergestellt. Diese Montage läßt Bruchstellen zurück, die große Ähnlichkeiten mit den Schnittstellen des Films aufweisen. Weil zugleich die Einheitlichkeit des Ganzen angestrebt ist, lassen sich diese Schnittstellen auch als "Klebestellen" von disparaten Teilen bezeichnen. (5)

Sehr signifikant sind diese Klebestellen, weil der Erzähler versucht, die verschiedenen Erzählstränge durch zahlreiche Tricks zu verbinden. So gibt es auffällige topographische Verbindungen, die exemplarisch an einer Kreuzung vorgeführt werden, ferner ist recht häufig die Verschiebung durch Anschlußwörter, wobei ein Wort am Ende eines Erzählstrangs vom folgenden Erzählstrang sofort wieder wörtlich oder etwas modifiziert aufgenommen wird.

S. 44: "Gleich" - "Gleich aus der Linie 6 ..."

S. 51/55 ... "der Schaum lag wie Schnee auf ihren Lippen". - "wie Schnee auf den Lippen".

S. 114 "Richard Kirsch war bereit, für Amerika zu kämpfen." - "Schnakenbach wollte nicht kämpfen."

usw. ...

Auch Zitate und abgebrochene Sätze oder die Radiostimme aus dem Kofferradio des Odysseus Cotton verbinden die Teile des Romans. Die Verbindungen, die solcherart geschaffen werden, bleiben oft nur Echoeffekte. Der situative Kontext aber gestaltet sich völlig verschieden, deshalb bleibt dies Verknüpfungstechnik an den Klebestellen doch nur oberflächlich und äußerlich. Der Verknüpfung auf der Erzählebene kontrastiert nämlich die Beziehungslosigkeit der Figuren zueinander und die mangelnde Handlungsverknüpfung. Das Verknüpfungstrauma des Erzählers auf formaler Ebene signalisiert also gleichzeitig ein Eingeständnis, nämlich daß eine zusammenhängende Fabel nicht mehr zu erzählen ist. Der Aufwand an Verbindungsmittel ist groß, aber "indem sie verbinden, machen sie die Trennung deutlich". (6) Letztlich bleiben die einzelnen Bestandteile doch voneinander getrennt, und die äußerlichen Verbindungstechniken erscheinen als produzierte Zufälle. Zufällig treffen die Figuren aufeinander, und zufällig legt der Erzähler bei ihrem Zusammentreffen ihnen dieselben Worte in den Mund.

Das geheime Gesetz dieses Romans scheint der Zufall zu sein, wie es auch die Ausdeutung des Titels "Tauben im Gras" nahelegt. Das zufällige Überkreuzen der Erzählstränge und die zufälligen Begegnungen der Figuren werden im Bild von den Tauben im Gras auf höherer Ebene zur Deutung gebracht. Das Bild von den Tauben im Gras erhält dadurch eine Deutungsfunktion für das ganze Romangeschehen.

Die wohlklingende Wortfolge "Pigeons on the grass alas" der Dichterin Gertrude Stein gab wohl die Inspiration für den Titel "Tauben im Gras", dessen Erwähnung im Vortrag des Mr. Edwin näher zu analysieren ist.

Im Amerikahaus hält der englische Dichter Mr. Edwin seinen Vortrag über europäisches Geistesleben; auffallenderweise schlafen viele Zuhörer dabei ein, oder sie können wegen eines technischen Fehlers in der Lautsprecheranlage die Worte des englischen Dichters kaum vernehmen.

"Edwin erwähnte die Freiheit. Der europäische Geist, sagte er, sei die Zukunft der Freiheit, oder die Freiheit werde keine Zukunft mehr in der Welt haben. Hier wandte sich Edwin gegen einen Ausspruch der seinen Zuhörern völlig unbekannten amerikanischen Dichterin Gertrude Stein, von der erzählt wird, daß Hemingway bei ihr zu schreiben gelernt habe. Gertrude Stein und Hemingway waren Edwin gleichermaßen unsympathisch, er hielt sie für Literaten, Boulevardiers, zweitrangige Geister, und sie wieder gaben ihm die Nichtachtung reichlich zurück und nannten ihn ihrerseits einen Epigonen und sublimen Nachäffer der großen toten Dichtung der großen toten Jahrhunderte. Wie Tauben im Gras, sagte Edwin, die Stein zitierend, und so war doch etwas von ihr Geschriebenes bei ihm haftengeblieben, doch dachte er weniger an Tauben im Gras als an Tauben auf dem Markusplatz in Venedig, wie Tauben im Gras betrachteten gewisse Zivilisationsgeister die Menschen, indem sie sich bemühten, das Sinnlose und scheinbar Zufällige der menschlichen Existenz bloßzustellen, den Menschen frei von Gott zu schildern, um ihn dann frei im Nichts flattern zu lassen, sinnlos, wertlos, frei und von Schlingen bedroht, dem Metzger preisgegeben, aber stolz auf die eingebildete, zu nichts als Elend führende Freiheit von Gott und göttlicher Herkunft. Und dabei, sagte Edwin, kenne doch schon jede Taube ihren Schlag und sei jeder Vogel in Gottes Hand. Die Priester spitzten die Ohren. Bearbeitete Edwin ihren Acker? War er nichts als ein Laienprediger? Miß Wescott hörte auf, die Rede mitzuschreiben. Hatte sie, was Edwin jetzt sagte, nicht schon einmal vernommen? Waren es nicht ähnliche Gedanken, die Miß Burnett auf dem Platz der Nationalsozialisten geäußert hatte, hatte nicht auch sie die Menschen mit Tauben oder mit Vögeln verglichen und ihr Dasein als zufällig und gefährdet geschildert? Miß Wescott blickte überrascht auf Miß Burnett. War der Gedanke, daß der Mensch sich gefährdet und als Objekt des Zufalls empfand, so allgemein, daß ihn der verehrte Dichter und die viel weniger verehrte Lehramtskollegin fast gleichzeitig äußern konnten?" (S. 198/199)

Die Worte Mr. Edwins von der Rückbindung des Menschen an eine göttliche Existenz und von dem Wert der Freiheit enthüllen sich als Trug und Schein, zumal Mr. Edwin - wie gezeigt wurde - selbst am heillosen Zustand der menschlichen Existenz verzweifelt.

Auch die Wirkungslosigkeit seines Vortrags bestätigt eher die Berechtigung des von Gertrude Stein geprägten Bildes menschlichen Daseins. Zu derselben Deutung gelangt auch Miß Burnett, eine Lehrerin aus Massachusetts, die am Platz der Nationalsozialisten beim Anblick von Vögeln im Gras geäußert hat: "... keiner weiß warum wir hier sind, die Vögel werden wieder auffliegen und wir werden weitergehen ..." (S. 158)

Die Tauben im Gras erweisen sich als Chiffre für die Zufälligkeit des menschlichen Lebens und für die Heimatlosigkeit des einzelnen Menschen. Die zufällige Begegnung von Menschen in der Großstadt München findet im Bild von den Tauben im Gras ihre existenzialistische Ausdeutung: Die Menschen sind dem Zufall preisgegeben, für sie gibt es keine metaphysische Orientierung oder einen Sinnbezug.

Auch die alten Mythen haben ihre orientierende Macht verloren. Die Deutungsbezüge der Romanpersonen zu mythischen Gestalten, die der kommentierende Erzähler entwirft, sind nicht eindeutig und glaubhaft, sondern sind eher willkürliche Verweisungen. So kann Messalina zur Gorgo werden (S. 11), die erzherzogliche Pracht des Filmstars Alexanders zum Goldenen Vlies (S. 10), Emilia kann zu Iphigenie werden (S. 31) und der Neger Odysseus Cotton wird mit dem Epitheton ornans des griechischen Sagenhelden Odysseus ausstaffiert. "Häuptling Odysseus König Odysseus General Odysseus Generaldirektor Mister Odysseus Cotton Esquire. (...) Der schwarze Odysseus war ihnen entkommen: listiger großer Odysseus." (S. 77)

Die Personen verlieren ihre Identität, der Erzähler treibt nur ein Spiel mit uralten Masken. Die Prostituierte Susanne, welche Odysseus Cotton bestiehlt, wird auf die Gestalt des Odysseus hin fixiert: "Sie hatte ihm Geld gestohlen, aber da sie Kirke und die Sirenen und vielleicht auch Nausikaa war, mußte sie wieder zu ihm gehen ..." (S. 180) Hier wird die Verweisung doch zum unverbindlichen Spiel, denn die Figuren werden damit nicht ausgedeutet, da der Mythos wohl seine Verbindlichkeit verloren hat.

"Gewiß bleibt der Gestus der Verweisung auf das Allgemeine und einst verbindlich Gewesene ohne Wirkung, aber er ist doch als Gestus nicht zu übersehen." (7)

Die vielen mythologischen Andeutungen und Verweisungen in diesem Roman zeigen eigentlich nur das Deutungsdefizit des Mythos auf. Es bleibt allein die Deutungskonstruktion von der Zufälligkeit der Existenz im Bild der Tauben im Gras erhalten. Diese Deutung negiert gleichzeitig eine Sinninstanz; anstelle eines vertikalen Sinnbezuges gibt es für den einzelnen Menschen nur Preisgegebensein an den Zufall.

Zu dieser existenzialistischen Deutung in vertikaler Richtung baut der Erzähler ebenfalls mit Metaphern aus der Tierwelt ein Subsystem der Deutung auf, das die "horizontalen" Beziehungen der Menschen umgreift. Die Ausdeutung der Beziehungen der Menschen zueinander geschieht unter dem Aspekt der "Tierwerdung des Menschen".

Dem Neger Washington Price, der mit Carla liiert ist, begegnen die Menschen als "domestizierte Raubtiere". (S. 79)

Wenn Odysseus Cotton mit dem Dienstmann Josef durch die Straßen der Stadt geht, verwandeln sich die Menschen zu Tieren häßlichster und gefährlichster Art und zu zischenden Schlangen: "... hungrige Gesichter, Gesichter die Gott vergessen hatte, Ratten, Haifische, Hyänen, Lurche, kaum noch mit Menschenhaut getarnt" ... (S. 39)

Hunger und Armut in einem Klima der äußeren Bedrohung und der Aggression lassen die Menschen zu erniedrigten und enthumanisierten Wesen werden. Das Gesetz von "homo homini lupus" dominiert in den Beziehungen der Menschen zueinander. Diesem Gesetz entsprechen auch gewisse Vorkommnisse im Romangeschehen. Im Begegnungsnetz der Großstadt nehmen die Figuren nur kurzfristigen Kontakt miteinander auf; innerlich bleiben sie einander fremd. Aber dort, wo es dann vereinzelt zu Interaktionen kommt, verlaufen sie verheerend: Ein Junge versucht einen Gleichaltrigen zu betrügen, Susanne stiehlt das Geld des Odysseus, dieser wiederum tötet den Dienstmann Josef in dem Glauben, er sei der Dieb. Das Katastrophale in den menschlichen Beziehungen widerfährt auch Emilia, wenn sie ihre Einrichtungsgegenstände zu den Händlern tragen muß, um ihre Existenz zu sichern. Emilia steigt hinab zu den schmutzigen Händlern, sie "steigt in ihre Keller, steigt hinunter zu Schlangen, Fröschen und Lurchen (...) läßt sich von Lurchen anlangen, es ekelt sie, aber sie treibt Geld auf ..." (S. 140)

Die tierische Unterwelt, der etwas Ekliges anhaftet, wird herbeizitiert, wenn die Menschen Handel treiben und Geschäfte machen. Deutlicher kann das Verdikt über die Qualität mitmenschlicher Beziehungen nicht ausfallen. Das Gefühl der Unheimlichkeit und Kälte, das von diesem Roman ausgeht, den Koeppen selbst als Pandämonium verstand, mag wohl in dieser metaphorischen Verfremdung begründet sein. (8)

Durch die Metaphorik aus der Tierwelt liegt eine Deutungskonstruktion vor, die den Menschen einerseits existenzialistisch als Objekt des Zufalls begreift - dies betrifft die vertikale Ausrichtung des Menschen - und andererseits als entmenschlichtes Wesen in seinen sozialen Bezügen deutet.

Dem Romangeschehen in seinen kontingenten und zerstückelten Teilen wird schließlich eine Deutung abgerungen, welche gleichermaßen den Menschen als existenzialistisches Einzelwesen und als zoon politikon begreift. (9)

Dieser Roman Koeppens zeigt sich daher sowohl als politischer als auch existenzialistischer Roman, indem er die Großstadt München als Stätte des wirkenden Zufalls und als Stätte unmenschlicher Sozietät ausweist.

VII. Zusammenfassung: Struktur des modernen Romans

Beide Romane stehen repräsentativ für die moderne Epik, die sich von den traditionellen Texttypen durch eine veränderte Tiefenstruktur abhebt. (1)

Traditionelle Epik:
>   Wirklichkeitsabbildung und geschlossene Fiktionswelt
>   "Wirklichkeitskohärenz"
>   gesicherte Erzählposition
>   Handlungskontinuum
>   feste Figuren und nachvollziehbare Charaktere

Moderne Epik:
>   Wirklichkeitsverfremdung
>   Montageprinzip
>   Wechsel von Erzählperspektiven
>   Paradigmawechsel in der Figurengestaltung:
>   Figuren werden entpersönlicht, kollektiviert; sie werden nicht als unver-
>   wechselbare Individuen konzipiert, sondern in ihrem Verhalten sollen
>   kollektive Grundhaltungen sichtbar werden.
>   Verweisungssystem verschiedener Art:
>   mythische, biblische, literarische Sinnbezüge
>   Tendenz zur allegorisierenden Schreibweise:
>   Die Grenzen von Natur, Zeit und Raum - die das realistische Erzählen
>   einhält - werden durch vielfältige Assoziationen, Bilder, Reflexionen und
>   Allusionen gesprengt.

VIII. Didaktisch-methodischer Teil

Im Sinne eines machbaren Literaturunterrichts sollen in diesem Teil

1. eine Einführung in die wesentlichen Grundbegriffe der Romantherorie und Romangeschichte

2. Verstehenshilfen für die Lektüre der beiden modernen deutschen Groß-stadtromane gegeben werden.

Dieser didaktisch-methodische Teil versucht einen neuen Ansatz, der sich sowohl im Selbststudium als auch im gemeinsamen Lernen im Literaturunterricht realisieren läßt.

Es wird angestrebt, einen nachvollziehbaren methodischen Aufbau einer Terminologie vorzulegen, mit deren Hilfe auf einer späteren Stufe die literarische Analyse vollzogen werden kann.

Diese terminologische Propädeutik soll zu einer begrifflich kontrollierten Interpretations- und Analysearbeit beitragen.

Zugunsten dieses linear fortschreitenden Lern- und Verstehens-programms wird bewußt auf andere Aspekte verzichtet, z. B. auf die lit. Entwicklung der beiden Autoren, auf die Rezeption ihrer Werke usw. Viele derartige Hinweise finden sich in den Interpretationen von

H. Schwimmer, Alfred Döblin. Berlin Alexanderplatz. München[2] 1975

Marcel Reich-Ranicki, Der Zeuge Koeppen. In: Über W. Koeppen, hrsg. v. U. Greiner, Frankfurt 1976

Im Literaturunterricht lassen sich die dort behandelten Aspekte problemlos an geeigneten Stellen einfügen.

Kennzeichen des vorliegenden Programms ist jedoch die Veranschaulichung von Begriffen, Begriffsfeldern und Strukturen.

Dadurch soll das Verstehen komplexer Zusammenhänge gewährleistet werden. Schaubilder und "Feldskizzen" bestimmen deshalb wesentlich das Lernprogramm und fassen an wichtigen Stationen die Ergebnisse optisch zusammen.

Ein keineswegs bis ins Detail fixierter, aber eindeutiger und logisch sich entwickelnder Fortgang des Verstehens und die optische Darbietung der wichtigsten Erkenntnisschritte sollen geübten und ungeübten, älteren und jüngeren Lesern den Weg zur Lektüre moderner Literatur ebnen helfen.

Dieser didaktisch-methodische Leitfaden läßt Spielraum sowohl für Ergänzungen (Expressionismus-Einfluß, Weimarer Republik, Probleme der Nachkriegszeit, Bilder und Dia-Reihen zum Thema "Großstadt") als auch für Kürzungen (kursorische Lektüre der beiden Romane oder Beschränkung auf die Lektüre eines Romans).

1. Schrittweise Einführung in die Begriffsbildung

1.1. Skizzierung der wesentlichen Unterschiede zwischen Epos und Roman

a. Schaubild "Epos"

Stoffgrundlage: Mischung aus Mythos u. Geschichte

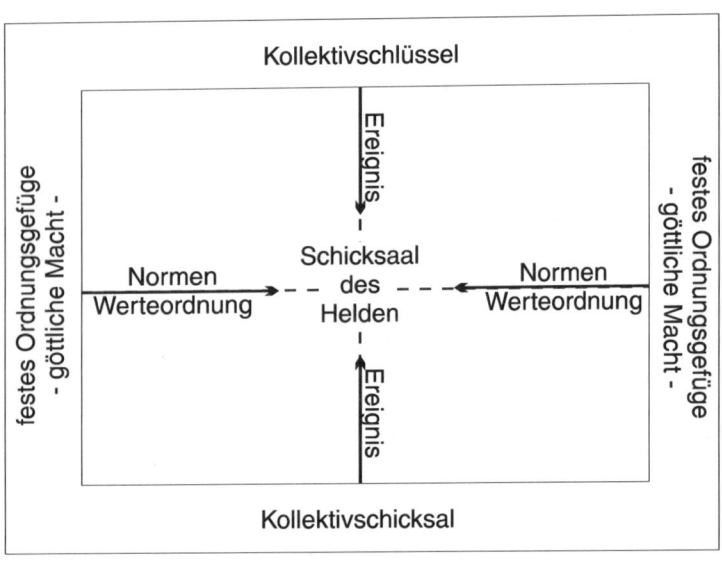

Epos: Die Taten und Begebenheiten im Leben eines Helden stellen sich als Schnittpunkt aller geltenden Normen und möglichen Ereignisketten dar. Im Schicksal des Helden spiegelt sich das Kollektivschicksal wider. Diese totale Repräsentations-fähigkeit liegt dem Epos zugrunde. Deshalb konnten die "Odyssee" u. "Ilias" lange Zeit als Lehrbücher für die griechische Jugend gelten, da sie umfassendes Wissen über die Fülle der Wirklichkeit vermittelten. Das Epos trägt somit auch zum Identitätsbewußtsein von Kulturkreisen bei:

- Gilgamesch Epos (3. Jahrtausend vor Christus)

In dieser frühorientalischen Epik geht es um die Heldentaten und um das Schicksal des Sumererkönigs Gilgamesch.

- griechisches Epos (8. Jh. vor Christus)

Die beiden homerischen Epen werden als Inbegriff epischer Dichtung verstanden;

- römisches Epos:

"Aeneis" von Vergil

Ausbildung des römischen Nationalepos und Nationalmythos!

- im althochdeutschen und mittelhochdeutschen Bereich:

"Hildebrandslied", "Nibelungenlied", "Rolandslied"

Kennzeichnend für das Epos ist der additive Aufbau - die Reihung von Abenteuern, die der Held zu bestehen hat - wodurch die Welt als Schauplatz für die Taten und Leiden des Helden aufgefaßt wird. In seinem Schicksal verkörpert der Held die göttlich verbürgte Welt- und Werteordnung, die ihm substantiell nicht zum Problem werden kann. Daraus resultiert die epische Naivität des Berichtens und Erzählens, die in detaillierten Beschreibungen an den Gegenständen haften bleibt und keine Reflexion, Ironie oder Problematisierung kennt.

> Begleittext Homer, die Odyssee (übersetzt
> von W. Schadewaldt) rororo Klassiker S.
> 110/111
> 9. Gesang

(Odysseus berichtet bei den Phaiaken von seiner bisherigen Irrfahrt)

"Von Ilion trug mich der Wind und brachte mich zu den Kikonen, nach Ismaros. Dort zerstörte ich die Stadt und vernichtete die Männer. Und als wir aus der Stadt die Weiber und viele Güter genommen hatten, verteilten wir sie unter uns, so daß mir keiner des gleichen Anteils verlustig ginge. Da trieb ich zwar, wahrhaftig! dazu, daß wir eilenden Fußes abzögen, doch sie, die großen Toren, folgten nicht. Da wurde viel Wein getrunken, und viele Schafe schlachteten sie an dem Gestade und schleppfüßige, krummgehörnte Rinder. Indessen aber riefen die entkommenen Kikonen nach den Kikonen, die ihre Nachbarn waren und zugleich zahlreicher und stärker das feste Land bewohnten, kundig, von Gespannen mit Männern zu kämpfen und, wo es Not tat, auch zu Fuß. Da kamen sie, so viel, wie Blätter und Blüten im Frühling entstehen, im Morgengrauen. Da trat ein böses Geschick des Zeus an uns heran, die zu Schrecklichem bestimmten, damit wir viele Schmerzen litten. Und sie stellten sich auf und kämpften den Kampf bei den schnellen Schiffen und warfen einander mit den erzgefügten Speeren. Solange Morgen war und der heilige Tag sich mehrte, solange hielten wir stand und erwehrten uns ihrer, so überlegen sie auch waren. Als aber die Sonne hinüberging zu der Stunde, da man die Rinder ausspannt, da überwältigten die Kikonen die Achaier und brachten sie zum Wanken. Und sechs gutgeschiente Gefährten von jedem Schiff gingen zugrunde, wir andern aber entkamen dem Tod und dem Verhängnis.

Und wir fuhren von dort weiter, betrübten Herzens, froh dem Tod entronnen, verlustig lieber Gefährten. (...) Und es erregte gegen die Schiffe einen Nordwind der Wolkensammler Zeus mit einem Sturmwind, einem ungeheuren, und verhüllte mit Wolken Land zugleich und Meer, und herein vom Himmel her brach Nacht. Da trieben die Schiffe mit herabgedrücktem Bug dahin, und es zerriß ihnen die Segel dreifach und vierfach die Gewalt des Windes. Da zogen wir diese in die Schiffe ein, in Furcht vor dem Verderben, und ruderten die Schiffe eilig voran zum festen Lande hin. Da lagen wir zwei Nächte und zwei Tage, immer in einem fort, und verzehrten unseren Mut zugleich in Ermattung und in Schmerzen. Als aber nun den dritten Tag die flechtenschöne Eos vollendet hatte, da setzten wir die Mastbäume und zogen die weißen Segel auf und saßen da, und die Schiffe lenkten der Wind und die Steuerleute. Und nun wäre ich wohl unversehrt ins väterliche Land gekommen, doch trieb die Woge und die Strömung mich ab, als ich Maleia umrunden wollte, und auch der Nordwind, und verschlug mich vorbei an Kythera.

Von da an wurde ich neun Tage von bösen Winden über das fischreiche Meer getragen, jedoch am zehnten liefen wir an im Lande der Lotophagen, die pflanzliche Nahrung essen." ...

Kontrollfragen: Woran erkennt man das "additive Erzählen"?

Worauf deuten die vielen Temporalkonjunktionen hind?

Was ist das eigentliche Movens der Irrfahrt des Odysseus?

b. Demgegenüber erzeugt der bürgerliche traditionelle Roman sein Welt- und Lebensbild aus der Sicht eines Individuums, das in dieser Welt seinen Standort erst finden muß.

Schaubild "traditioneller Roman" (biographisches Modell).

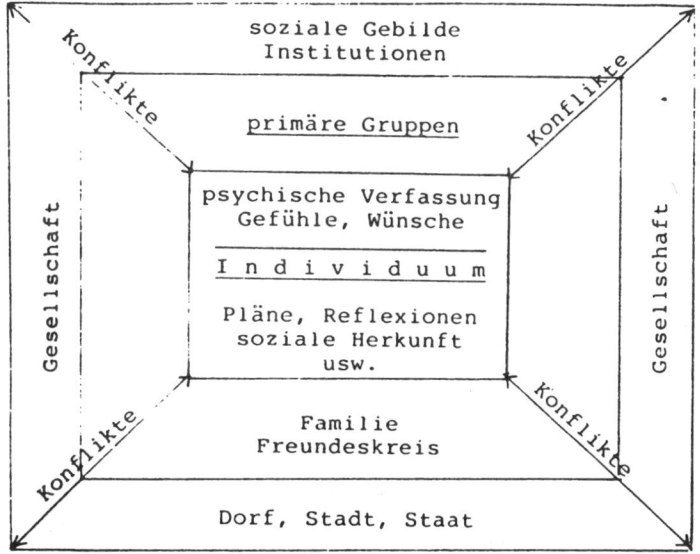

In der Lebensgeschichte des Individuums zeigt sich die konfliktbeladene Wirklichkeitserfahrung, die zur Identitätsfindung des Individuums gehört. Zwischen ihm und der Gesellschaft findet ein Abarbeitungsprozeß statt.

Dieser Vorgang der Auseinandersetzung mit der Gesellschaft kann auch mit dem soziologischen Begriffspaar "Rollenerfüllung" und "Rollendistanz" erfaßt werden.

Dies ist das Spannungsfeld, in dem sich das "problematische Individuum" wiederfindet. Aus dieser individuellen Perspektive resultieren die Verwicklungen und Konflikte im biographisch orientierten Roman.

Begleittext

J. W. Goethe, Wilhelm Meisters Lehrjahre (1795/96), Goldmann Klassiker Band 2, S. 12/13, 5. Buch 3. Kapitel

(Wilhelm schreibt in einem Brief an seinen im Geschäftsleben stehenden Freund Werner)

"Daß ich dir's mit einem Wort sage: mich selbst, ganz wie ich da bin, auszubilden, das war dunkel von Jugend auf mein Wunsch und meine Absicht. Noch hege ich eben diese Gesinnungen, nur daß mir die Mittel, die mir es möglich machen werden, etwas deutlicher sind. Ich habe mehr Welt gesehen, als du glaubst, und sie besser benutzt, als du denkst. Schenke deswegen dem, was ich sage, einige Aufmerksamkeit, wenn es gleich nicht ganz nach deinem Sinn sein sollte.

Wäre ich ein Edelmann, so wäre unser Streit bald abgetan; da ich aber nur ein Bürger bin, so muß ich einen eigenen Weg nehmen, und ich wünsche, daß du mich verstehen mögest. Ich weiß nicht, wie es in fremden Ländern ist, aber in Deutschland ist nur dem Edelmann eine gewisse allgemeine, wenn ich sagen darf personelle Ausbildung möglich. Ein Bürger kann sich Verdienst erwerben und zur höchsten Not seinen Geist ausbilden; seine Persönlichkeit geht aber verloren, er mag sich stellen, wie er will. (...)
An diesem Unterschiede ist nicht etwa die Anmaßung der Edelleute und die Nachgiebigkeit der Bürger, sondern die Verfassung der Gesellschaft selbst schuld; ob sich daran einmal etwas ändern wird und was sich ändern wird bekümmert mich wenig; ich habe, wie die Sachen jetzt stehen, an mich selbst zu denken und wie ich mich selbst und das, was mir ein unerläßliches Bedürfnis ist, rette und erreiche."

Kontrollfragen:

In welchem grundlegenden Konflikt steht Wilhelm Meister?

Wie läßt sich der Begriff "problematisches Individuum" auf seine Person anwenden?

c. Zusammenfassende kontrastierende Gegenüberstellung

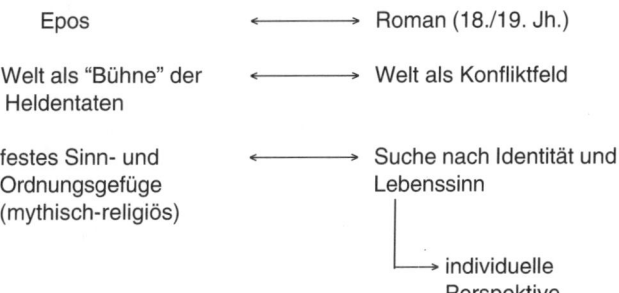

Epos   ⟷   Roman (18./19. Jh.)

Welt als "Bühne" der   ⟷   Welt als Konfliktfeld
Heldentaten

festes Sinn- und   ⟷   Suche nach Identität und
Ordnungsgefüge   Lebenssinn
(mythisch-religiös)

                                    └─→ individuelle
                                            Perspektive

Gemeinsamkeit: der Totalitätsanspruch

Der Roman steht in der Nachfolge des Epos, weil er auch die Totalität des Lebens und der Wirklichkeit zur Anschauung bringen will.

1.2. Herausbildung des modernen Romans (20. Jh.)

Problemstellung:

Individuelle Erfahrungsmöglichkeiten versus Komplexität der Lebenszusammenhänge

Ursachen: Wirtschaftsgeschichte/Sozialgeschichte

- industrielle Revolution

- Erfindung neuer Produktionszweige und Produktionsmethoden

- Expansion der Nachrichtentechnologie

- Entstehung großer Städte als Produktions- und Verwaltungszentren, als Verkehrszentren

Wissenschaftsgeschichte

- Naturwissenschaften/Soziologie/Psychoanalyse

1. Alfred Döblin, Großstadt und Großstädter in: Die Zeitlupe.
Freiburg 1962 S. 225-244. Auszüge: S. 225/226 S. 229/230

"Hier wird, aus dem Jahre 1928, von einer Stadt berichtet, die, in der Mark Brandenburg gelegen unter dem 52. Grad 31' nördlicher Breite, 13. Grad 25' östlicher Länge, 36 Meter über dem Meeresspiegel, von dem Landreis Teltow, Zauch-Belzig-Beeskow-Storkow im Süden, von Osthavelland im Westen, Niederbarnim im Osten und Norden umschlossen wird. Diese Stadt Berlin ist ein großes Wesen. Es ist nicht das einzige seiner Art. Es gibt auf diesem und auf anderen Kontinenten ähnliche; in den Hauptpunkten sind sie sich gleich, in anderen, Entstehung, Entwicklung, räumlicher Ausbreitung, örtlichen Charakteren sehr verschieden. Berlin, im nördlichen Deutschland, nicht weit von der Ostsee, wird von der kleinen Spree, einem Nebenfluß der Havel, welche wiederum ein Nebenfluß der Elbe ist, durchzogen. Die Stadt schickt Eisenbahnschienen nach allen Seiten aus und läßt Züge, Menschen und Waren von allen Seiten in ihren weiten Körper eintreten. Es arbeiten, um den Stoffwechsel in ihr zu unterhalten, in der Reichseisenbahndirektion Berlin 20 Fernbahnhöfe, 121 Vorortbahnhöfe, 27 Ringbahnhöfe, 14 Stadtbahnhöfe, 7 Rangierbahnhöfe, 7 Werkstätten. Man hat, um die Menschen, die sich hier bewegen, an ihre Arbeit, zu Einkäufen, zur Erholung, zu Versammlungen zu befördern, (aber die Arbeit steht an erster Stelle) eine elektrische Hoch- und Untergrundbahn gebaut, deren Schnellwagen die Stadt in den Hauptrichtungen in dichter Folge durchsausen. Aus der Stadt heraus bewegten sich im Jahre 1928 fast 13 Millionen Menschen allein durch die Fernbahnhöfe. 1871 war diese Kapitale noch ein Ort mit 900000 Einwohnern; in den zwanzig Jahren darauf schnellt die Zahl auf 2000000; die letzten zwanzig Jahre verdoppeln die Einwohnerzahl.

Die Menschen hier hausen (größtenteils) in Mietskasernen. Sie arbeiten (größtenteils) in Fabriken, Büros und Geschäften. Will man wissen, wie die Stadt aussieht, die Häusermassen, welche die einströmenden Millionen um die alte gelegt haben, so hat man es leicht: man braucht nur durch eine einzige (östliche oder nördliche oder südliche) Straße zu gehen und man kennt alle. Etwa 90% der anderen Straßen (mit Ausnahme der westlichen und einiger zentraler) sehen ebenso aus: ein dreistöckiges, vierstöckiges graues Gebäude, breit oder schmal, mit oder ohne Vogelbauer (Balkon) neben dem andern die riesigen Straßenzüge entlang. Hinter dem Vorderhaus ein Schacht, ein enger lichtloser Hof, ein zweites Quergebäude, und alles wimmelnd vor Menschen, die Höfe voller Kinder, die Licht und Luft suchen, eine Mietskaserne, ein grauer Wohnblock ohne Gesicht, Schulter an Schulter neben dem andern ohne Gesicht.

(...)

Man erhält ein Bild von der sozialen Schichtung in dieser Großsiedlung um 1928, ein Bild von Reichtum und Armut in dieser Zeit, von der schweren Klassenspannung, wenn man erfährt: von den männlichen Kindern Berlins besuchen siebzig Prozent die Volksschule, die Gemeindeschule; nur dreißig Prozent wird eine Ausbildung in der Mittelschule gewährt. (...)

Um die volle Wahrheit der Großstadt, der wachsenden und unsichtbaren Siedlung Berlin zu zeichnen, müßte ich Seite um Seite des statistischen Jahrbuchs der Stadt abschreiben, ihre Geburten und Todesfälle hinsetzen, von den Gründungen, Liquidationen und Konkursen berichten, von den Krankenkassen, der Erwerbslosenfürsorge, den Rettungsstellen, den Irrenanstalten, Siechenhäusern, Asylen, von der Jugendwohlfahrt, den Kinderhorten, den Kindertagesheimen."...

Zusätzliches Bildmaterial:

Der Film Berlin Alexanderplatz. Ein Arbeitsjournal von R. W. Fassbinder und H. Baer Frankfurt 1980, darin: Bilder der Zeit S. 391-415

2. Alfred Döblin, Sigmund Freud zum 70. Geburtstage.
in: Die Zeitlupe. Freiburg 1962 S. 80-88, Auszüge: S. 83/84

"Die menschliche Seele war schon vor Jahrhunderten, da sie von den Psychologen und Ärzten verstoßen war, auf eine große Wanderschaft gegangen. Sie war zu den Dichtern geflogen und auch zu den Pfarrern. Die waren recht lieblich mit ihr umgegangen. Der Pfarrer hatte sie an das Gebetbuch geführt. Der Dichter reichte ihr den Arm und ging mit ihr im Grünen spazieren. Freud ließ sie in sein Sprechzimmer eintreten, machte die Tür hinter ihr zu und sagte: "Legen Sie ab, gnädige Frau. Ja, bitte: ziehen Sie sich aus." Ich möchte bemerken, daß die Seele bis zum heutigen Tag über diesen Anruf erschrocken an der Tür stehengeblieben ist und noch nicht mehr als den Hut abgelegt hat.

Von 1892 bis jetzt, 1926, also vierunddreißig Jahre, hat Freud sich um die Seele bemüht, praktiziert und gelehrt. Es hat sich um ihn ein wachsend großer Kreis von Schülern gebildet. Das Ganze ist eine Seefahrt: sie fahren auf dem Meer der menschlichen Seele; sie loten, prüfen Wind und Wellen, die Eigenart des Wassers in seinen Tiefen. Das Meer ist groß, größer als irgendein Ozean, und ich möchte nicht verhehlen, daß ich manchmal den Eindruck habe, nicht alle Schüler wissen, welch beispiellos riesengroßes Wasser sie da befahren. (...)

Freud, auf das Seelengebiet vorstoßend, stellte zunächst das Allergröbste fest, und das war, daß es etwas Unbewußtes gibt." ...

Kontrollfragen:

Der traditionelle Roman geht von der Prämisse aus, daß das Weltganze grundsätzlich durch die Erfahrungsmöglichkeiten des Individuums wiedergegeben werden kann.

Welche Probleme ergeben sich in diesem Zusammenhang angesichts der modernen Großstadtwirklichkeit?

Der traditionelle Roman geht aus von einem geordneten Kosmos der Innerlichkeit (Seelenleben des Individuums).

Vor welchen Schwierigkeiten steht der moderne Romancier angesichts der Entdeckung des Unbewußten in der Psychoanalyse? (S. Freud)

1.3. Neue Erzähltechniken im modernen Roman

Das traditionelle Erzählen war gekennzeichnet von der Sicherheit des Wissens und Gestaltens.

Im modernen Roman findet man auf breiter Linie ein verunsichertes Erzählsubjekt. Hinsichtlich des Entwurfes der Romanwelt und der Romanfiguren findet man implizit oder explizit kritische Rollenreflexionen des Erzählers in eigener Sache, oder der Erzähler macht sich mehr und mehr unsichtbar, unmerkbar. Die Ursachen einer derartigen Verunsicherung liegen sowohl in der geistig-politischen Krise der bürgerlichen Gesellschaft (Weltende, Weltuntergang sind Themen im Expressionismus!) als auch in neuen wissenschaftlichen Erkenntnissen (Psychoanalyse!) und neuen Wirklichkeitserfahrungen (Großstadterfahrung usw.).

a. Erzählerreflexionen über das Erzählen und Schreiben selbst in einer auktorialen Erzählsituation.

b. Zurücktreten und Fehlen des Erzählers in der personalen Erzählsituation, in der die Romanwelt durch das Medium "Romanfigur" vermittelt wird.

In der personalen Erzählsituation zeigt sich sehr häufig das Phänomen des "stream of consciousness", eines unkontrollierten Bewußtseinsstroms, der auch längst vergangene Erinnerungen und Unterbewußtes heraufbefördern kann.

Diese unmittelbare Spiegelung innerer Vorgänge teilt dem Leser die Aufgabe zu, sich zurechtzufinden. In diesem Zusammenhang lassen sich zwei Erzähltechniken unterscheiden:

innerer Monolog / erlebte Rede

Diese modernen Erzähltechniken in der Figurenrede lassen den Innenraum der Person als durchlässig und diffus erscheinen.

Begriff: **Ichdissoziation**

Das Innere der Romanfigur erscheint nicht mehr als geordnete Einheit, so daß man die Person charakterlich kaum mehr be-schreiben kann.

Begriffe: **Entpsychologisierung**

Begleittext:
> Jürgen Schramke, Zur Theorie des modernen Romans. München 1974, S. 69

"Die Relativierung und Dezentralisierung des Ichs wurde bereits vor der Jahrhundertwende philosophisch entwickelt von Ernst Mach ("Analyse der Empfindungen", 1886), welcher, direkt oder indirekt, die modernen Autoren (besonders Musil) nicht unwesentlich beeinflußte. Für Mach ist das Ich kein scharf abgegrenzter Bereich, sondern lediglich ein offenes Kraftfeld, eine Koordinierungsstelle der Empfindungen. Das scheinbar absolute persönliche Ich reduziert sich auf eine Funktion, einen bloßen Treffpunkt unpersönlicher Elemente."

1.4. Neue Kompositionsformen im modernen Roman

Die moderne Romanwelt wird oft durch das Formprinzip der Montage hergestellt. Texte, Zeitdokumente und Zeitgeschehnisse verschiedener Art werden in das Romangeschehen eingestreut.

Die Überfülle der Weltereignisse und die Expansion des Wissens gehen über den Erfahrungsbereich des Individuums hinaus, sollen aber in dem auf Totalität ausgerichteten Roman präsent sein. Durch das Montageprinzip wird versucht, die Totalität und Komplexität der modernen Welt zum Ausdruck zu bringen.

Zusammen mit dem Formprinzip der Montage setzt der moderne Roman auch häufig Verweisungszusammenhänge, die sich an die Stelle streng linearer Handlungsverläufe im traditionellen Roman setzen.

Es werden grundverschiedene Verweisungssysteme von den Autoren erstellt.

z. B. James Joyce, Ulysses   antiker Mythos: die Odyssee

Daraus ergibt sich ein Aufbauprinzip des modernen Romans, das von der Architektonik gekennzeichnet ist.

1.5. Neue Erzähltechniken und Kompositionen sind Ausdruck eines neuen Standards der Wirklichkeitserfahrung

Der neue Standard der Wirklichkeitserfahrung wird vor allem in der Groß-stadterfahrung sichtbar.

Modell der Großstadterfahrung

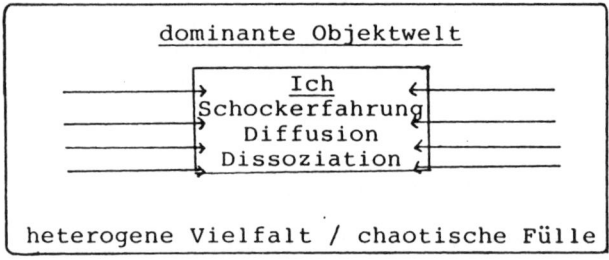

2. Lesemethode und Verstehenswege

> "Nun ist es wahr, daß selten auf solche Weise erzählt wurde,
> so hohe Wellen von Ereignis und Reflex haben selten die
> Gemütlichkeit des Lesers in Frage gestellt ... "

Walter Benjamin über Döblins "Berlin Alexanderplatz"

Die Lektüre von modernen Romanen macht den Leser oft ratlos und hilflos, weil eingeübte Lese- und Verstehensweisen zu kurz greifen. So begibt sich der Leser auf ein unbekanntes Terrain, wird verunsichert und fühlt sich oft enttäuscht. Die Einübung in neue fiktionale Muster macht ihm oft Schwierigkeiten, da seine Leseerwartung geprägt ist von typischen Mustern der Illusionserzeugung, wie sie vor allem die großen Erzähler des 19. Jh. - in Frankreich Stendhal, Balzac, Flaubert und in Deutschland Keller, Stifter und Fontane - und ihre Epigonen im 20. Jh. handhaben.

Der Anfang von <u>Stendhals</u> bekanntem Roman <u>"Rot und Schwarz"</u> mag repräsentativ sein für die bestimmte Art der Wirklichkeitsdarstellung in den traditionellen Romanen.

"Die kleine Stadt Verrières kann als eine der hübschesten der Freigrafschaft gelten. Ihre weißen Häuser mit Spitzdächern von roten Ziegeln schmiegen sich dem Hang einer Höhe an, deren wellige Silhouette von den Wipfeln mächtiger Kastanien getragen wird. Ein paar hundert Schritte unterhalb der ehedem von den Spaniern erbauten, heute verfallenen Befestigungen fließt der Doubs.

Gegen Norden ist Verrières geschützt durch einen hohen Bergrücken, einen Ausläufer des Juragebirges. Die zackigen Gipfel des Verra sind schon bei den ersten Oktoberfrösten mit Schnee bedeckt. Ein munterer Bach, dem Gebirge entsprungen, durchrauscht das Städtchen und ergießt sich in den Doubs. Sein Wasser treibt eine Menge Sägemühlen. Diese einfache Industrie gewährt dem größten Teil der mehr städtischen denn ländlichen Einwohnerschaft ein behagliches Dasein. Indessen verdankt das Städtchen seinen Reichtum nicht den Sägemühlen, sondern der Herstellung von bunter, sogenannter Mühlhauser Leinwand. Infolge der allgemeinen Wohlhabenheit sind seit Napoleons Sturz fast alle Häuserfassaden von Verrières neu entstanden." .. (Goldmann Klassiker S. 5)

Aus der olympischen Höhe des Erzählers wird die Welt schrittweise sichtbar gemacht und in einem geschlossenen Panorama entworfen, in das sich auch sozioökonomische Zusammenhänge einfügen lassen. Der Leser muß sich nur der schrittweise vorantastenden Führung des Erzählers anvertrauen, der ihm oft bis ins Detail die Welt erschließt. In verstehbaren Zusammenhängen wird die erzählte Welt ausgebreitet und der Einfühlung des Lesers verfügbar gemacht.

Wie der Weltentwurf, wird auch die Darstellung der Person unter der Regie des Erzählers, dem Orientierungsbedürfnis des Lesers entsprechend, gestaltet. Gemäß dem Maßstab der Alltags-erfahrungen werden die Figuren als vertraute Personen mit individuellen Charakterzügen entworfen.

Th. Fontane stellt in seinem Roman "L'Adultera" die beiden Hauptpersonen zu Beginn folgendermaßen vor:

"Van der Straaten, wie hiernach zu bemessen, war eine sentimental-humoristische Natur, deren Berolinismen und Zynismen nichts weiter waren als etwas wilde Schößlinge seines Unabhängigkeitsgefühls und einer immer ungetrübten guten Laune. Und in der Tat, es gab nichts in der Welt, zu dem er allezeit so beständig aufgelegt gewesen wäre, wie zu Bonmots und scherzhaften Repartis, ein Zug seines Wesens, der sich schon bei Vorstellungen in der Gesellschaft zu zeigen pflegte. (...)

Aber der Ernst überwog, wenigstens in seinem Herzen. Und es konnte nichts anders sein, denn die junge Frau war fast noch mehr sein Stolz als sein Glück. Älteste Tochter Jean de Caparoux', eines Adligen aus der französischen Schweiz, der als Generalkonsul eine lange Reihe von Jahren in der norddeutschen Hauptstadt gelebt hatte, war sie ganz und gar als das verwöhnte Kind eines reichen und vornehmen Hauses großgezogen und in all ihren Anlagen aufs glücklichste herangebildet worden. Ihre heitere Grazie war fast noch größer als ihr Esprit, und ihre Liebenswürdigkeit noch größer als beides." ... (Ullstein Buch Nr. 4514 S. 8 f)

Die genaue Beschreibung der Herkunft und der Charaktereigenschaften der Figuren rundet sich zu einem plastischen Gesamtbild. So steuert der Erzähler das Verstehen des Lesers, lenkt seine Aufmerksamkeit auf mögliche Konflikte, die sich aus dem Aufeinandertreffen der verschiedenen Charaktere ergeben können, und bietet ihm auch Identifikationsmöglichkeiten an. Durch die Charakterisierungsstrategie deuten sich auch Interaktionsmöglichkeiten an, und bereits vollzogene Interaktionen werden verstehbar gemacht. Die Handlung des Romans kann also vom Leser kausal-psychologisch entschlüsselt und jederzeit verstehbar rekonstruiert werden. Spätestens in der Romankunst von Franz Kafka werden derartige psychologische Erklärungsschemata verworfen, und dem Leser wird die Einfühlung in die Romanfiguren versagt. (1) Auch die Verfremdungsstrategien in der Dramatik Bert Brechts signalisieren die Abkehr von der psychologischen Motivation der Figuren.

Hier werden die Schwierigkeiten des Lesers sichtbar:

Während die traditionelle Romankunst implizit Erklärungshilfen und Verstehenshilfen mitliefert, läßt der moderne Roman den Leser in seiner Ratlosigkeit zurück. Den Schlüssel zur Dekodierung muß er selbst finden.

Für die beiden Romane "Berlin Alexanderplatz" und "Tauben im Gras" seien einige Wege der Entschlüsselung genannt.

1. Döblin, "Berlin Alexanderplatz"

1. Die Umschlaggestaltung des Romans von Döblin im dtv-Verlag weist auf die ungeordnete Vielfalt des Romangeschehens hin. Hart sind die Schnittstellen des collagenartigen Titelbildes, denn die Sprach- und Bildfetzen prallen unvermittelt aufeinander. Der Leser wird bereits gewarnt: Die gemütliche Lesehaltung wird ihm ausgetrieben werden.

2. Wo aber bleibt die Hauptfigur des Romans?

Warum erscheint Franz Biberkopf nicht auf dem Titelbild? Ist das ein belangloser Zufall oder wohl durchdachte Planung?

Auch die stichwortartigen Inhaltsangaben der verschiedenen Bücher zeigen auf, daß die Hauptfigur nicht unbedingt im Zentrum steht. Franz Biberkopf wird nämlich umlagert von Sprüchen, Sentenzen und Nachrichtenfetzen.

Zu groß sind anscheinend die zentrifugalen Kräfte des Romans, als daß sich der Leser nur auf die Geschichte des F. Biberkopf konzentrieren könnte.

Für den interessierten Leser und für die methodische Aufbereitung im Unterricht empfiehlt sich deshalb die Anlage einer Matrix.

3. Die Erstellung der Matrix kann probeweise auf die ersten Bücher beschränkt werden oder kann von einer Schulklasse gruppenweise erarbeitet werden.

Im Vergleich zu einer Inhaltsangabe in einem Literaturlexikon - vgl. auch W. Muschg im Nachwort zur dtv-Ausgabe S. 420 f - wird man die immense Fülle des Romangeschehens beurteilen können, welche die Textform "Inhaltsangabe" zugleich sprengt. (2)

M A T R I X

Alfred Döblin: Berlin Alexanderplatz
Aufgabe: Tragen Sie bei der Lektüre des Romans den Inhalt der einzelnen Bücher
stichwortartig in die Spalten der Matrix ein!

	Berlin	Franz Biberkopf	andere Inhalte
1. Buch		Entlassung aus dem Gefängnis/Begegnung mit einem Juden/in der Wohnung des Rabbi/Kinobesuch/bei Prostituierten/ Besuch bei Schwägerin Minna/erneute Besuche bei den Juden/	Geschichte von Stefan Zannowich Biologie der sexuellen Potenz
2. Buch	Berlin in Pikto- grammen der Rosenthaler Platz ... usw. ...	....	Adam und Eva amtliche Nieder- schriften ... usw.

4. Aufgrund der Ergebnisse aus der Matrixerarbeitung läßt sich ein modellhaftes Handlungsschema für den Großstadtroman Döblins skizzieren.

Während sich die traditionelle Erzählkunst aufgrund ihrer fest umrissenen und überschaubaren Romanwelt und wegen ihrer personenzentrierten Handlungsführung im biographischen Modell zusammenfassen läßt, zeigen sich bei Döblin Tendenzen zur Darstellung massenhaften Geschehens.

Folgende modellhaft verkürzte Skizzen sollen die wesentlichen Unterschiede in der Handlungsführung bildlich erklären.

Modell der traditionellen Erzählkunst

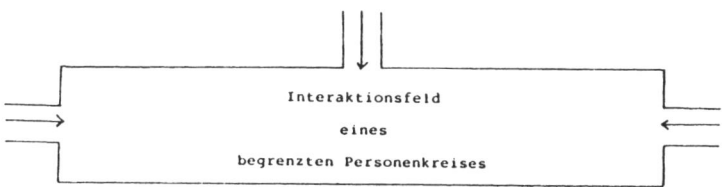

Modell des Großstadtromans
"Berlin Alexanderplatz"

Unterbrechung der Hauptgeschichte
durch die Stoffmasse der Romanwelt

Haupt-
geschichte

5. Einen weiteren Schwerpunkt der Analyse bildet das Problem der einge-streuten Leitmotive, die sich zu einem allegorischen System verdichten.

In welcher Beziehung steht dieser allegorische Apparat zur Hauptgeschich-te Franz Biberkopf?

Hier beginnt die wohl schwierigste Dekodierungsarbeit des Lesers. Erst vom Ende des Franz Biberkopf her, im Augenblick seines Todes, der allegorisch in den Streit zwischen dem "Tod" und der "Hure Babylon" übersetzt wird, läßt sich schrittweise ein Zusammenhang rekonstruieren und die Lebensge-schichte des Franz Biberkopf deuten.

Das Allegorisierungssystem ist dualistisch konzipiert. Der "Trommler Tod", welcher sich am Ende als Wegbereiter eines neuen Lebens versteht, ist der Zielpunkt einer allegorischen Bedeutungslinie, die in sich den Komplex "Opfer und Tod" einschließt. So erhält Abraham seinen Sohn Isaac wieder zurück, als er bereit ist, ihn zu opfern, und Hiob wird erst geheilt, als er zur Aufgabe seines Widerstands bereits ist und sich ganz hingibt und ausliefert; ferner reflektiert das Gespräch der Engel über Franz Biberkopf das Problem von Widerstand und Todeswunsch. Der Tod schließlich zeigt sich sowohl als "Schnitter" als auch als Bewahrer: "Ich bin das Leben und die wahre Kraft" (dtv S. 388)

So verknüpft sich mit dem Auftritt des Todes eine christlich geprägte Opfer-und Erlösungsidee, weil der Tod allein in der Lage ist, Franz Biberkopf dem Gewaltmechanismus des Lebens zu entreißen.

Die Hure Babylon steht am Ende der anderen allegorischen Bedeutungsli-nie, die in sich den Komplex "Gewalt und Kampf" einschließt. In diese Bedeutungslinie fügen sich ein das Motiv vom verlorenen Paradies, das "Blutmotiv" und die Schlachthofthematik. Ferner mischen sich in die Interak-tionen der Romanfiguren das "Marschmotiv" und immer wieder die Allegorie der Hure Babylon. Das "Blutmotiv" setzt ein, als Franz Biberkopf mit politischen Positionen konfrontiert wird, und das "Schlangenmotiv" als Sinnbild des verlorenen Paradieses stellt sich ein, als F. Biberkopf von Lüders betrogen wird. Diese Motive sind demnach deutliche Indizien für die politischen und sozialen Gegebenheiten, in denen F. Biberkopf sich befin-det. Insgesamt ergibt sich aus der Betrachtung des allegorischen Feldes der Hure Babylon eine soziologisch geprägte Deutung. Kampf und Gewalt sind nämlich die Insignien des gesellschaftlichen Umfeldes. (vgl. dazu die interpretatorischen Ausführungen).

Die Rekonstruktion des dualistischen Allegorisierungssystems und ihre Ausdeutung ist zweifellos eine schwierige aber auch eine reizvolle Aufgabe. Der Leser, welcher am Ende des Romans wieder zurückschauen muß, erfährt den Roman als dicht gewirktes Kompositionswerk und erhält einen Einblick in die Werkstatt eines modernen Romanciers.

In konstruktiver Absicht wird also auf einer "Überbau-Ebene" im Rahmen des allegorischen Apparats ein Bedeutungszusammenhang hergestellt, innerhalb dessen das Leben von Franz Biberkopf zu sehen ist.

In destruktiver Absicht wird aber auch auf einer "Unterbau-Ebene" das literarische Bildungsgut des Bürgertums parodiert. Dies geschieht durch viele Klassikerzitate (Kleist, Goethe) und durch Zitate aus dem homerischen Epos. Dadurch gerät die Welt des bürgerlichen Humanismus mit ihrem Glauben an Persönlichkeitsbildung und Heldentum in den skeptischen Blick des modernen Lesers. Besonders kontrastreich sind die Anspielungen F. Biberkopf - Orestes, Erinnyen, Agamemnon. (dtv S. 84 ff)

Im Rückgriff auf das lit. Bildungsgut aus klassicher und antik-mythischer Zeit wird diese Welt gleichzeitig parodistisch in Zweifel gezogen. Die Distanz zu Biberkopfs Lebenswelt wird dadurch offenbar.

Anschließend an die Rekonstruktion des Allegorisierungssystems lassen sich diese zwei Verweisungsebenen modellhaft zusammenfassen.

Die Zugänge zum modernen Großstadtroman sind variantenreich und zahlreich. (3) Die eben genannten Dekodierungsvorschläge beziehen sich auf die Hauptprobleme des Romans "Berlin Alexanderplatz", auf die Verstehensdefizite, die sich auch bei geübten Lesern einstellen.

Das Buch "Berlin Alexanderplatz" macht es anfangs dem Leser nicht leicht, es ist "ungemütlich" im Sinne W. Benjamins und mag für manche provozierend wirken; mit diesem Buch wird man nicht so schnell fertig, und gerade deshalb ist es empfehlenswert.

Empfohlen sei weiterhin das "Arbeitsjournal von Rainer W. Fassbinder und Harry Baer" zum Film "Berlin Alexanderplatz". (erhältlich nur im Verlag Zweitausendeins Postfach Fr. a. M.) Dieses reich bebilderte Buch ist eine Fundgrube für Film- und Literaturfreunde und bietet für den Literaturunterricht reizvolle und brauchbare Materialien.

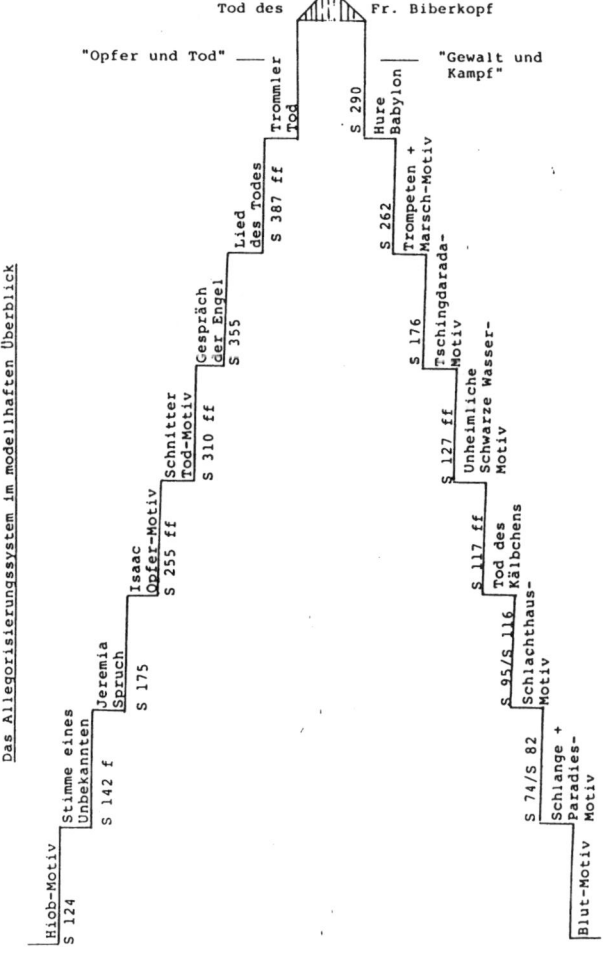

Das Allegorisierungssystem im modellhaften Überblick

Tod des ⟋▨⟍ Fr. Biberkopf

"Opfer und Tod" —— —— "Gewalt und Kampf"

Trommler Tod
S 290 Hure Babylon
S 387 ff Lied des Todes
S 262 Trompeten + Marsch-Motiv
S 355 Gespräch der Engel
S 176 Tschingdarada-Motiv
S 310 ff Schnitter Tod-Motiv
S 127 ff Unheimliche Schwarze Wasser-Motiv
S 255 ff Isaac Opfer-Motiv
S 117 ff Tod des Kälbchens
S 175 Jeremia Spruch
S 95/S 116 Schlachthaus-Motiv
S 142 f Stimme eines Unbekannten
S 74/S 82 Schlange + Paradies-Motiv
S 124 Hiob-Motiv
Blut-Motiv Motiv

Zusammenfassendes Strukturmodell

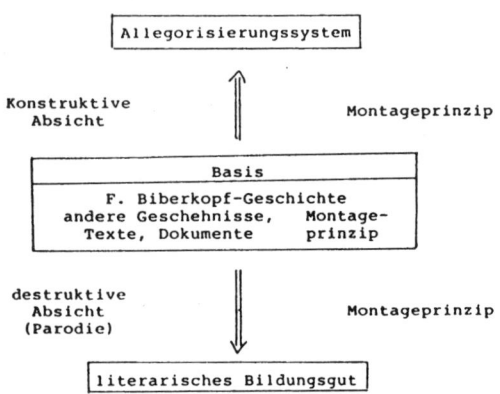

2. Koeppen "Tauben im Gras"

Wolfgang Koeppen, der Autor des zweiten deutschen Großstadtromans, stand immer etwas im Schatten der literarischen Öffentlichkeit. Vom Literaturunterricht in den Schulen ist er zu Unrecht vernachlässigt worden.

Als einer der wenigen zeitgenössischen Rezensenten spürte Karl Korn die Aussagekraft des Schriftstellers W. Koeppen.

"Koeppens Buch sagt über die politische Gesamtsituation in diesem Land zwischen West und Ost mehr aus als ganze Jahrgänge von Leitartikeln - und ist doch ein echter Roman mit Spannung, einer Fülle von Milieus, Menschen, Vorgängen, Bewußtseinsebenen. Das Buch verdankt seine erregende Modernität dem formalen Können des Erzählers." (4)

Der Großstadtroman "Tauben im Gras" bietet sich zum Vergleich mit Döblins "Berlin Alexanderplatz" an.

1. Der Roman "Tauben im Gras", der keine Lebensgeschichte darzustellen versucht, ist in unzählige Absätze gegliedert. Der Leser wird ständig von neuen Personen und Sachverhalten überrascht. Dies ist die erste auffallende Leseerfahrung.

Nach jedem Absatz werden nämlich neue Türen geöffnet, werden neue Aspekte sichtbar. So entsteht der Eindruck, als ob der Leser von dunkler Hand geführt wird; erst an der berühmten Szenerie der Straßenkreuzung (S. 39-43/S. 47-51) mag der Leser den Trick des Erzählers ahnen: das Prinzip des Zufalls in der Begegnung der Romanfiguren.

Das Arrangement der zufälligen Begegnungen in der Großstadt läßt sich topographisch effektvoll visualisieren.
Dazu eignet sich die Gruppenarbeit.
Auf einem großen Plakat werden die wichtigsten Handlungsorte aufgezeichnet; anschließend werden die Personen um diese Stationen gruppiert.
(Die Straßenkreuzung ist in den Ausführungen schon genannt worden.)

Beispiel für Vorgänge, die sich an verschiedenen Orten zeitgleich abspielen.

<u>Amerikahaus: Vortag des Dichters Edwin</u>

Personen: Philipp, Alexander, Messalina, Kay,
           Lehrerinnen aus Amerika, Schnakenbach u. a.

<u>Im Bräuhaus:</u> <u>Nationale Stimmung</u>
                  <u>Pogromstimmung gegen die Neger</u>

Personen: Frau Behrend, Richard Kirsch u. a.

<u>Platz zwischen Bräuhaus und dem Negerklub:</u>
                  <u>Kampf der Kinder Ezra und Heinz</u>

<u>Im Negerklub: Tanzveranstaltung</u>

Personen: Washington, Carla, Susanne, Odysseus u. a.

Parallelaktion   Konflikt

Es gibt auch andere Visualisierungsmöglichkeiten, (5) um das Beziehungsgeflecht des Romans darzustellen:

1. Die Personen- und Zeitschiene im Koordinatensystem:
   Vertikalachse: Zeitschiene
   Horizontalachse: Personenschiene

2. Die Erstellung eines "Wegeprofils" für einige wichtige Personen.

2. Anhand der verschiedenen Figuren führt Koeppen den Leser in zahlreiche
Probleme der Nachkriegszeit ein:

- Leben in der sozialen Unterschicht:
  Dienstmann Josef, Prostituierte Susanne, Odysseus Cotton
- Leben in einem fremden Land: die amerikanischen Soldaten
- Kitschwelt und Vergnügungssucht: Alexander und Messalina

112

- Streben nach bürgerlicher Stabilität und Glück: Carla und Washington, Emilia
- Problem der geistigen Bewältigung und Deutung der Vergangenheit und Gegenwart: Dichter Mr. Edwin, Philipp, Schnakenbach, Lehrerinnen

Die Begegnungen der Figuren sind oft geprägt von mißglückter oder gestörter Kommunikation.
In ihrem Handeln und Verhalten verweisen sie auf die kollektiven Verhaltensmuster von Verzweiflung, Betrug und Habgier, Rassismus und Gewalt.
Die Pogromstimmung gegen die Neger am Ende des Buches wird in der Gestalt der Fama allegorisiert.

3. Zusammenfassendes Strukturmodell

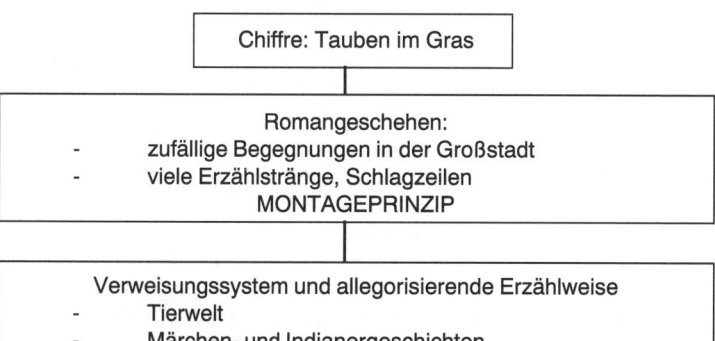

Beispiele für mythologische Allusionen:

1. Schauplatz München:
   stygische Wasser, Ninive, Babylon, Pompeji, Herkulaneum, Troja, versunkene Welt,
   Ruinen, Schlachtfeld

2. Amerikahaus: kolossales Grabmal der Antike

3. Emilia: Iphigenie, Hirschkuh, (auch: Ophelia)

4. Philipp: Erinnyen (auch: Hamlet)

5. Messalina: Gorgo Medusa

6. Alexander: Goldenes Vließ

7. Odysseus Cotton: griech. Sagenheld Odysseus

8. Susanne: Kirke, Nausikaa, Sirene

usw.

"Koeppens Welt ist ein ästhetisches Gebilde, kein reales, sie besteht aus Phantasiezonen, in denen Figuren aus den verschiedenen Zeiten einander im Heute ein Stelldichein geben."
"Der Autor Koeppen (...) hält Distanz, um jene Tausendjahrmeter zwischen sich und seine Figuren zu legen, die es ihm ermöglichen, jene Assoziationsspiele zu treiben, die auch erprobte Kenner der Mythologie und Geistesgeschichte bisweilen vor kaum bestehbare Aufgaben stellen: Gorgo, Ninive, Babylon, Pompeji, Pluto durcheinandergewirbelt! Odysseus in einen Neger verwandelt...."

> Walter Jens über Wolfgang Koeppen
> aus: DIE ZEIT Nr. 30, 18. Juli 1986

4. Dem Autor Koeppen eignet der Blick in die Tiefe, in die Tiefe der Zeit, des Bewußtseins und in die Tiefe von Problemzusammenhängen, so daß der Leser mitgewirbelt wird in die Abgründe und in die verdeckten Zusammenhänge. Weil sich die Assoziationskunst des Erzählers, der die Gedanken schubweise vorantreibt, an konkreten Sachverhalten entzündet und in die Tiefe eindringt, werden ständig neue Dimensionen und Relationen eruiert. Während der Leser in "Berlin Alexanderplatz" in die epische Breite der Welt mitgeschleppt wird, wird der Leser in "Tauben im Gras" in die tiefen Strudel der assoziativen Gedankenbewegung mitgerissen. Diese Schreibweise erfordert ein hellwaches Bewußtsein des Lesers.

Folgende Szene aus dem Roman soll als Kostprobe genauer analysiert werden:

In der Stadt hat sich das Gerücht verbreitet, die Neger hätten ein neues Verbrechen begangen. Die Stimmung der Bevölkerung richtet sich gegen die Neger, die Fensterscheiben des Negerclubs werden eingeworfen, und das unschuldige Paar Carla und Washington wird von Steinen getroffen. (S. 192/193 u. S. 199-201)

In dieser Szene gibt es gewisse Basissätze, von denen aus der Erzähler seine Reflexionen ausweitet.

"<u>Vielen war der Negerklub ein Ärgernis.</u> Vielen waren die Mädchen, die Frauen, die sich mit Negern einließen, <u>ein Ärgernis.</u> Die Neger in Uniform, ihr Klub, ihre Mädchen, waren sie nicht ein schwarzes Symbol der Niederlage, der Schmach des Besiegtseins, waren sie nicht das Zeichen der Erniedrigung und der Schande? <u>Noch einen Augenblick lang zögerte die Menge.</u> (...) In einem Auflauf weiß man nie, <u>wer den ersten Stein wirft.</u> Wer den ersten Stein wirft, weiß nicht, warum er das tut, es sei denn, man habe ihn dafür bezahlt. Aber einer <u>wirft den ersten Stein.</u> Die anderen <u>Steine</u> fliegen dann schnell und leicht. <u>Die Fenster des Negerklubs zerbrachen unter den Steinen.</u> (...) <u>Die Steine, die Steine,</u> die sie geworfen hatte, das klirrende Glas, die fallenden <u>Scherben</u> erschreckten die Menge. Die Alten fühlten sich an etwas erinnert; sie fühlten sich an eine andere Blindheit, an eine frühere Aktion, an andere <u>Scherben</u> erinnert. Mit <u>Scherben</u> hatte es damals begonnen, und mit <u>Scherben</u> hatte es geendet. Die <u>Scherben,</u> mit denen es endete, waren die <u>Scherben,</u> ihrer eigenen Fenster gewesen. (...) <u>Die Steine flogen gegen die horizontblaue Limousine.</u> Sie trafen Carla und Washington, <u>sie trafen</u> Richard Kirsch, der hier Amerika verteidigte (...) die ruchlos geworfenen Steine <u>trafen</u> Amerika und Europa, sie schändeten den oft berufenen europäischen Geist, sie verletzten die Menschheit, sie <u>trafen</u> den <u>Traum</u> von Paris, den <u>Traum</u> von Washington's Inn, den <u>Traum</u> Niemand ist unerwünscht; aber sie konnten den <u>Traum</u> nicht töten, der stärker als jeder Steinwurf ist, <u>und sie trafen einen kleinen Jungen, der mit dem Schrei 'Mutter' zum horizontblauen Wagen gelaufen war.</u>"

Auffallend ist, daß eine derartige Gedankenbewegung eine anaphorische Struktur aufweist und von vielen Wiederholungen geprägt ist. Ein sich daraus ergebendes schubweises Voranschieben der Gedanken ist bestimmend für den Schreibstil W. Koeppens.

Schlußwort

Wie in "Berlin Alexanderplatz", ist auch in Koeppens Roman "Tauben im Gras" der Lesevorgang ein "Sich-Bewegen" auf unbekanntem Terrain. Insgesamt kann man sagen, daß die moderne Literatur und insbesondere der moderne Roman neue Leseerfahrungen erschließt und - wenn auch manchmal nach anfänglicher Mühe - intellektuellen Genuß vermitteln kann.

Was Dieter Wellershoff für die Literatur feststellt, gilt im erhöhten Maße für die moderne Literatur:

Sie ermuntere den Leser zur kreativen Phantasiefähigkeit und sei ein "Trainingsfeld (...) für die geistige und sensuelle Beweglichkeit, die eine moderne Gesellschaft braucht." (6)

Anmerkungen

I. Die geschichtsphilosophische Signatur des Romans

1. Wilhelm Voßkamp: Romantheoretische Aspekte im 18. Jahrhundert in: Neues Handbuch der Literaturwissenschaft. Europäische Aufklärung I, hrsg. v. W. Hinck. Frankfurt a. M. 1974 S. 161
2. J. W. Goethe: Maximen und Reflexionen, zitiert nach: J. Schramke: Zur Theorie des modernen Romans. München 1974 S. 29
3. Georg Lukács: Die Theorie des Romans. Neuwied, Berlin 1971 (SL) S. 32
4. Arnold Hauser: Sozialgeschichte der Kunst und Literatur. München 1953 S. 539
5. Rafael Koskimies stellt zurecht fest, daß "die Geschichte des Prosaromans um dieselbe Zeit beginnt wie die westeuropäische bürgerliche Kultur." Rafael Koskimies: Theorie des Romans, Helsinki 1935 S. 132
6. Georg Lukács a. a. O. S. 77
7. Erich Auerbach: Mimesis. Dargestellte Wirklichkeit in der abendländischen Literatur. Bern, München ³1964 S. 515
8. Friedrich Theodor Vischer: Ästhetik oder Wissenschaft des Schönen. 3. Teil 2. Abschnitt 5. Heft. Stuttgart 1857 S. 1305, zitiert nach Schramke a. a. O. S. 53
9. Jürgen Schramke hat in seinem Buch "Zur Theorie des modernen Romans" die kritischen Reflexionen der Schriftsteller im ersten Drittel des 20. Jh. und der Schriftsteller im Umfeld des "nouveau roman" (Alain Robbe Grillet, Nathalie Sarraute usw.) zum Erzählproblem in der modernen Welt ausführlich dargestellt.
10. Jürgen Schramkes Kritik an den ahistorisch verfahrenden literturwissenschaftlichen Erzähltheorien, welche die historische Dimension literarischer Formänderungen einebnen, ist voll zuzustimmen. vgl. J. Schramke a. a. O. besonders S. 15-26; dort setzt er sich mit den Standardwerken moderner Erzähltheorien auseinander; u. a. mit: Eberhard Lämmert: Bauformen des Erzählens. Stuttgart² 1967. Franz Stanzel: Typische Formen des Romans. Göttingen 1964
11. Franz Stanzel: Typische Formen des Romans. Göttingen 1964 S. 6
12. zitiert nach: J. Schramke a. a. O. S. 139 f
13. Theodor W. Adorno: Ästhetische Theorie. Gesammelte Schriften Band 7. Frankfurt a. M. 1970 S. 16
14. J. Schramke a. a. O. S. 137

15. Georg Lukács a. a. O. S. 99

16. Robert Musil: Der Mann ohne Eigenschaften. Roman. Hamburg 1952 S. 154

17. Siegfried Kracauer: Die Biographie als neubürgerliche Kunstform. in: ders.: Das Ornament der Masse. Frankfurt a. M. 1977 S. 76. Den Hang des Bürgertums zur literarischen Biographie wertet S. Kracauer als Fluchtweg und gleichzeitig als verzweifelten Rettungsversuch, ein für den Roman obsolet gewordenes Strukturmodell auf eine andere Weise zu konservieren.

II. Großstadterfahrung als spezifische moderne Erfahrung

1. Walter Benjamin: Charles Baudelaire. Ein Lyriker im Zeitalter des Hochkapitalismus. Frankfurt a. M. 1974 (stw) S. 126. W. Benjamin markiert an der Dichtergestalt Baudelaire den Beginn der Moderne.

2. Helmut Pfotenhauer: Ästhetische Erfahrung und gesellschaftliches System. Untersuchungen zum Spätwerk W. Benjamins. Stuttgart 1975 S. 41

3. vgl. Silvio Vietta: Großstadtwahrnehmung und ihre literarische Darstellung. Expressionistischer Reihungsstil und Collage. in: DVjS 48 1974 S. 354-373

III. Großstadt als Organonmodell für den modernen Roman

1. Georg Lukács: Theorie des Romans. Neuwied, Berlin 1971 (SL) S. 113

2. Robert Musil: Der Mann ohne Eigenschaften Roman. Hamburg 1952 S. 224

3. Kurt Pinthus: Die Überfülle des Erlebens (1925) in: Lyrik des Expressionismus, hrsg. v. Silvio Vietta. Tübingen 1976 S. 9

4. Georg Simmel: Die Großstadt und das Geistesleben. (1903) in: Lyrik des Expressionismus, hrsg. v. Silvio Vietta. Tübingen 1976 S. 15 f

IV. Zum Begriff "Großstadtroman"

1. Karl Riha: Die Beschreibung der "Großen Stadt". Zur Entstehung des Großstadtmotivs in der deutschen Literatur. Bad Homburg, Berlin, Zürich 1970 S. 29 f

V. Alfred Döblin: "Berlin Alexanderplatz" Die Liquidation der Bildungsgeschichte in der chaotischen Faktizität der Großstadt

1. Vgl. hierzu: Fritz Martinis Untersuchung: Alfred Döblins Berlin Alexanderplatz. In: F. Martini: Das Wagnis der Sprache. Stuttgart 1954 S. 336-372. ferner: Volker Klotz: Agon Stadt. Alfred Döblins Berlin Alexanderplatz. In: V. Klotz: Die erzählte Stadt. München 1969 S. 372-418

2. Es soll hier kein Kahlschlag der Sekundärliteratur veranstaltet werden; dazu wäre eine genauere Untersuchung nötig; aber es scheint, daß in der Vernachlässigung der Form. Inhalt-Dialektik der wesentliche Mangel der in Betracht kommenden Forschungsliteratur besteht. Als eklatantes Beispiel sei verwiesen auf W. Korts Untersuchung: Bewahrung und Selbstpreisgabe in Berlin Alexanderplatz. In: W. Kort: Alfred Döblin. Das Bild des Menschen in seinen Romanen. Bonn 1970 S. 72-83
   Ihm gelingt es nicht, die Geschichte des F. Biberkopf im Medium ihrer Darstellungsform zu erfassen. Die Geschichte wird gleichsam wie ein Extrakt isoliert und dem Urteil des Interpreten überantwortet. Der Aufbau und Entwurf der poetischen Welt, die formalen Ingredienzen und deren inhaltliche Implikate bleiben ununtersucht. Eine solche Interpretation entlarvt sich als Verfahren, Gesinnungen herauszueruieren, wie: "demütige Anerkennung der überindividuellen Mächte ..." (a. a. O. S. 83); ferner wird die angebliche soziale Einordnung Biberkopfs als "positive Wendung" gekennzeichnet. (a. a. O. S. 83)
   Auf der anderen Seite werden oft die formalen Momente zum alleinigen Gegenstand der Interpretation gemacht, ohne sie mit ihrem Stoffsubstrat stringent zu vermitteln. Stellvertretend für viele sei hier angeführt: Karl L. de Vries: Moderne Gestaltelemente im Werk Alfred Döblins. Hamburg 1968 (Diss.); oder auch: E. Hülse: Alfred Döblin. Berlin Alexanderplatz. In: Möglichkeiten des modernen deutschen Romans, hrsg. v. Rolf Geißler, Frankfurt 1962 S. 45-101
   Soweit vorweg einige wenige, keineswegs erschöpfende Anmerkungen zur Sekundärliteratur.
3. Vgl. A. Döblin: Aufsätze zur Literatur, hrsg. v. W. Muschg, Freiburg, Olten 1962, darin: Epilog. S. 390
4. Hier sei auf die Technik des inneren Monologs verwiesen. Der Unterschied zwischen beiden Erzählformen ist etwa folgendermaßen zu skizzieren: Löst sich die erlebte Rede von ihren Entzündungspunkten in der Objektwelt und nimmt die Form einer in sich kreisenden, die "Jetztzeit" überschreitenden Gedankenbewegung an, so nähert sie sich immer mehr dem inneren Monolog. Als Prototyp dieser Erzählform gilt der Molly Bloom-Monolog im "Ulysses" von James Joyce.
   Nähere Differenzierungen - für unseren Zusammenhang weniger wichtig - zwischen erlebter Rede bei A. Döblin und innerem Monolog bei J. Joyce hat K. L. de Vries angeführt. de Vries: Moderne Gestaltelemente im Romanwerk Alfred Döblins. Hamburg 1968 (Diss.) S. 191 ff

5. Vgl. G. Lukács: Die Theorie des Romans. Neuwied, Berlin 1971 (SL) S. 99

6. Günther Anders: Der verwüstete Mensch. in: Festschrift G. Lukács, hrsg. von Frank Benseler. Neuwied, Berlin 1965 S. 421

7. Wolfgang Grothe: Die Theorie des Erzählens bei Alfred Döblin. In: Text + Kritik Alfred Döblin Heft 13/14, hrsg. v. L. Arnold. München[2] 1972 S. 10

8. G. Anders: Der verwüstete Mensch. a. a. O. S. 429 f

9. vgl. Silvio Vietta: Großstadtwahrnehmung und ihre literarische Darstellung. Expressionistischer Reihungsstil und Collage. In: DVjS. 48 1974 S. 365 f

10. vgl. Th. W. Adornos Abhandlung über das Realismusproblem im Zusammenhang mit Balzac. Dort wird jenes bekannte Diktum Brechts über den AEG-Konzern zitiert: "Die eigentliche Realität ist in die Funktionale gerutscht." Adorno: Balzac Lektüre. In: ders.: Noten zur Literatur II. Frankfurt a. M. 1973 (SV) S. 29

11. vgl. A. Döblin in einem Nachwort zum Neudruck von "Berlin Alexanderplatz" (1955), wieder abgedruckt in der mir vorliegenden dtv-Ausgabe 1965: "Ich konnte mich auf die Sprache verlassen: die gesprochene Berliner Sprache; aus ihr konnte ich schöpfen," ... (a. a. O. S. 414)

12. G. Anders: Der verwüstete Mensch. a. a. O. S. 438

13. Walter Benjamin: Krisis des Romans. Zu Döblin 'Berlin Alexanderplatz'. In: Materialien zu Alfred Döblin "B. A." hrsg. v. Matthias Prangel, Fr. a. M. 1975 S. 110

14. Hier muß Einspruch erhoben werden gegen die Erzählfunktion, welche F. Martini der erlebten Rede beimißt: "Sie verdichtet die Wirklichkeit nach innen im irrationalen Erlebnis des sie erleidenden Menschen und schafft so ein Gegengewicht zu der zerflatternden Atomisierung und zur Entfremdung der ihn umgebenden äußeren Welt." siehe: F. Martini: Alfred Döblins Berlin Alexanderplatz. a. a. O. S. 358
Es ist jedoch gerade das Merkmal der erlebten Rede, vereinzelte, bruchstückhafte Eindrücke von der Welt unmittelbar im Bewußtsein deutlich zu machen. Insofern bildet die erlebte Rede kein Gegengewicht zum dissoziierten Faktenmaterial der Romanwelt.

15. Die vielfältigen Montagearten in diesem Roman bespricht und analysiert: Ekkehard Kaemmerling: Die filmische Schreibweise. in: Materialien zu A. Döblin. a. a. O. S. 185-198. Für unseren Zusammenhang sind jedoch die inhaltlichen Implikate der Montagetechnik vorrangig.

16. Reinhard Baumgart: Aussichten des Romans oder Hat Literatur Zukunft? München 1970 (dtv) S. 66

17. Jürgen Schramke: Zur Theorie des modernen Romans. München 1974 S. 37

18. Für die traditionelle Romankunst stellt R. Baumgart fest: "Ihre Absicht war bis heute Symbolisierung: das einzelne Erzählbeispiel sollte das Ganze repräsentieren". R. Baumgart: Aussichten des Romans. a. a. O. S. 36

vgl. hierzu auch Goethes Symbolbegriff. Er bestimmt das Symbol als "Natur der Poesie", als ästhetische Norm, und grenzt die Allegorie davon ab. "Es ist ein großer Unterschied, ob der Dichter zum Allgemeinen das Besondere sucht oder im Besonderen das Allgemeine schaut. Aus jener Art entsteht Allegorie, wo das Besondere nur als Beispiel, als Exempel des Allgemeinen gilt; die letztere aber ist eigentlich die Natur der Poesie: sie spricht ein Besonderes aus, ohne ans Allgemeine zu denken oder darauf hinzuweisen. Wer nun dieses Besondere lebendig faßt, erhält zugleich das Allgemeine mit, ohne es gewahr zu werden, oder erst spät." Goethe: Maximen und Reflexionen, zitiert nach W. Benjamin: Ursprung des deutschen Trauerspiels. Fr. a. M. 1972 (st) S. 176

19. vgl. G. Anders: Der verwüstete Mensch. a. a. O. S. 436

20. Einen genauen Nachweis über die Herkunft der in diesem Roman auftretenden Bibelzitate und Bibeltextvarianten führt E. Hülse: Alfred Döblin. Berlin Alexanderplatz. in: Möglichkeiten des modernen deutschen Romans, hrsg. v. Rolf Geißler, Fr. a. M., Berlin, Bonn 1962 S. 75 f

21. Eine genaue Auflistung aller Motive findet sich bei H. Becker: Untersuchungen zum epischen Werk A. Döblins am Beispiel 'Berlin Alexanderplatz'. Marburg 1962 (Diss.) Für unseren Zusammenhang würde es zu weit führen, alle Motive bis ins einzelne zu verfolgen und an jeder Stelle zu markieren.

22. vgl. G. Lukács: Die Theorie des Romans, a. a. O. Die Zeit wird zum konstitutiven Element des Romans, sobald er die Verbindung zur transzendentalen Heimat verloren hat. Einzig Hoffnung und Erinnerung halten den Anspruch auf einen immanenten Sinn aufrecht gegen den Strom der Zeit: "die Hoffnung und die Erinnerung; Zeiterlebnisse, die zugleich Überwindung der Zeit sind: ein Zusammensehen des Lebens als geronnene Einheit ante rem und sein zusammensehendes Erfassen post rem". (ebd. S. 110)

23. Diese Formation entspräche nämlich der Desillusionsromantik, welche Lukács paradigmatisch an Flauberts "Education sentimentale" vorführt. Deren wesentliches Element ist das depravierende Prinzip der Zeit. vgl. Lukács a. a. O. S. 108 ff

24. vgl. E. Kaemmerling: Die filmische Schreibweise. a. a. O. S. 185-198

25. A. Döblin betont ganz besonders das dramatische Moment in der Epik. vgl. Döblin: Der Bau des epischen Werkes (1929) in: Aufsätze zur Literatur. a. a. O. S. 112. "Für jeden, der ein episches Werk liest, laufen die Vorgänge, die berichtet werden, jetzt ab, er erlebt sie jetzt mit, da kann Präsens, Perfektum oder Imperfektum stehen, wir stellen im Epischen die Dinge genau so gegenwärtig dar und sie werden auch so aufgenommen, wie der Dramatiker. Wir stellen beide dar. Alle Darstellung ist gegenwärtig, sie mag formal erfolgen wie sie will."

26. G. Anders a. a. O. S. 428

27. H. P. Bayerdörfer: Der Wissende und die Gewalt. In: Materialien zu Alfred Döblin "Berlin Alexanderplatz". a. a. O. S. 161

28. Alain Robbe-Grillet: Für einen Realismus des Hierseins. In: Akzente (3) 1956 S. 317

29. vgl. H. P. Bayerdörfer: Der Wissende und die Gewalt. a. a. O. S. 162

30. vlg. W. Benjamin: Ursprung des deutschen Trauerspiels. a. a. O. S. 207. Dort wird Bezug genommen auf eine Schrift von Georg Philipp Harsdörfer.

31. vgl. die Ablehnung der Romanpsychologie, welche A. Döblin in seinen Schriften immer wieder ausspricht. A. Döblin: An Romanautoren und ihre Kritiker. in: Aufsätze zur Literatur. a. a. O. S. 16. "Ein Grundgebrechen des gegenwärtigen ernsten Prosaikers ist seine psychologische Manier. Man muß erkennen, daß die Romanpsychologie, wie die meiste täglich geübte, reine abstrakte Phantasmagorie ist. (...) Psychologie ist ein dilettantisches Vermuten, scholastisches Gerede, spintisierender Bombast, verfehlte, verheuchelte Lyrik."

32. W. Benjamin: Ursprung des deutschen Trauerspiels. a. a. O. S. 183. Benjamins Einsicht in die barocke Allegorie läßt sich auch für das Allegorisierungsverfahren in unserem Zusammenhang nutzbar machen.

33. W. Benjamin: Krisis des Romans. a. a. O. S. 113. Aufhellend für den Leser bleibt Biberkopfs vergangenes Leben. Die Möglichkeit seines neuen Lebens erfordert eine neue Geschichte. Das Schlußkapitel bleibt ein Anhang.

34. W. Benjamin: Krisis des Romans. a. a. O. S. 112

35. Die Schlußzene des Buches ist in der Forschung kontrovers diskutiert worden. A. Schöne sieht im Weg Biberkopfs "das Prinzip der Ergebung, der Einfügung in ein umgebendes kollektives Ganze."
Der Schluß, vom Romanganzen her betrachtet, stelle sich demnach als vollkommen geschlossen dar. vgl. A. Schöne: Alfred Döblin. Berlin Alexanderplatz. In: Der deutsche Roman, hrsg. v. Benno v. Wiese. Bd. 2. Düsseldorf 1963 S. 324
Dagegen hat Leo Kreutzer in der Interpretation über "Berlin Alexanderplatz". In: L. Kreutzer: Alfred Döblin. Stuttgart 1970 diese Meinung überzeugend zurückgewiesen und die unterschlagenen Prämissen von Schönes Interpretation aufgezeigt.
Auch H. P. Bayerdörfer a. a. O. deutet den Schluß in ähnlicher Weise als eine offene Aporie.
Döblin selbst äußert sich zum Schluß seines Werkes in einem Brief an Julius Petersen vom 18. September 1931 folgendermaßen: "In 'Berlin Alexanderplatz' wollte ich durchaus den Franz Biberkopf zur zweiten Phase bringen, - es gelang mir nicht. Gegen meinen Willen, einfach aus der Logik der Handlung und des Plans endete das Buch so; es war rettungslos, mir schwammen meine Felle davon. Der Schluß müßte eigentlich im Himmel spielen, schon wieder eine Seele gerettet, na, das war nicht möglich, aber ich ließ es mir nicht nehmen, zum Schluß Fanfaren zu blasen, es mochte psychologisch stimmen oder nicht. Bisher sehe ich: der Dualismus ist nicht aufzuheben." (siehe: Materialien zu Alfred Döblin "Berlin Alexanderplatz". a. a. O. S. 42) Auch hieraus geht hervor, daß das Schlußkapitel der Ansatz einer neuen Geschichte ist, die in der Aporie stecken bleibt.
36. vgl. Bayerdörfer: Der Wissende und die Gewalt. a. a. O. S. 158
37. vgl. den kurzen Abriß über Döblins "Berlin Alexanderplatz" bei G. Ter-Nedden: Allegorie und Geschichte. In: Positionen des Erzählens, hrsg. v. H. L. Arnold u. Theo Buck. München 1976 S. 104 f
38. vgl. W. Benjamins Ausführungen über den Verlust der individuellen Erfahrung in der Moderne: ""... die Erfahrung ist im Kurse gefallen. Und es sieht aus, als fiele sie weiter ins Bodenlose. Jeder Blick in die Zeitung erweist, daß sie einen neuen Tiefstand erreicht hat ...". W. Benjamin: Der Erzähler. In: ders.: Illuminationen. Ausgewählte Schriften, hrsg. v. Siegfried Unseld. Fr. a. M. 1961 S. 409 f
39. E. Kahler: Untergang und Übergang der epischen Kunstform. In: Die neue Rundschau (64) 1953 S. 32

40. G. W. F. Hegel: Vorlesungen über die Ästhetik. Bd. III. In: Hegel: Werke Bd. 15 Fr. a. M. 1970 S. 393

41. Hegel a. a. O. S. 392

42. Aus dem Dreigroschenbuch von Bertolt Brecht, zitiert nach Th. W. Adorno: Balzac Lektüre. a. a. O. S. 28. vgl. hierzu Anmerkung 10 dieses Kapitels.

43. Die Reflexionen verschiedener Autoren der Moderne hinsichtlich der Romanproduktion hat J. Schramke systematisch zusammengestellt. vgl. J. Schramke: Zur Theorie des modernen Romans. München 1974

44. A. Döblin: Der Bau des epischen Werkes. In: ders.: Aufsätze zur Literatur, hrsg. v. W. Muschg. Freiburg 1963 S. 107

45. Den Zusammenhang von Surrealismus und Montage hebt Th. W. Adorno hervor. vgl. Adorno: Rückblickend auf den Surrealismus. In ders.: Noten zur Literatur I. Fr. a. M. 1975 S. 155-162

46. E. Nef: Die Zufälle der Geschichte vom Franz Biberkopf. In: Wirkendes Wort (18) 1968 S. 255

47. G. Anders: Der verwüstete Mensch. a. a. O. S. 434

48. Th. W. Adorno: Standort des Erzählers im zeitgenössischen Roman. In ders.: Noten zur Literatur I. a. a. O. S. 70 f

49. F. Martini: Alfred Döblins Berlin Alexanderplatz. a. a. O. S. 349 f

50. J. Schramke: Zur Theorie des modernen Romans. München 1974 S. 91

51. G. W. F. Hegel: Vorlesungen über die Ästhetik. Bd. I. In: Hegel: Werke Bd. 13 S. 285

52. Th. W. Adorno: Standort des Erzählers im zeitgenössischen Roman. a. a. O. S. 63

53. C. Lugowski: Die Form der Individualität im Roman. Fr. a. M. 1976 S. 66

54. ebd. S. 61 ff; C. Lugowski hat diese drei Strukturmomente, die zur Bestimmung des "mythischen Analogons" gehören, an vorbürgerlichen barocken Romanen detailliert herausgearbeitet. Erst der bürgerliche Roman steht ganz im Zeichen der Form der Individualität; anhand des biographischen Modells und der Psychologisierung erzeugt er sein Weltbild. Bei Döblin liegt nun wiederum ein Rückgriff auf vorbürgerliche Erzählmomente vor. Sie passen in sein Konzept der Entpsycholgisierung und der allegorisierenden Erzählweise.

55. G. Reiss: Allegorisierung und moderne Erzählkunst. München 1970 S. 65

56. W. Benjamin: Ursprung des deutschen Trauerspiels. a. a. O. S. 260

57. ebd. S. 205

58. vgl. Otto Keller: Döblins Montageroman als Epos der Moderne. München 1980 S. 132 ff
59. Roland Barthes, zitiert nach Otto Keller a. a. O. S. 134
60. Nach R. Barthes impliziert das Zeichen drei Hauptbeziehungen: eine symbolische, die auf die Bedeutung ausgerichtet ist, eine paradigmatische, die auf den Signifikanten zielt, eine syntagmatische, die neue Beziehungen zwischen den einzelnen Teilen knüpft; vgl. die Rezeption bei Otto Keller a. a. O. S. 132
61. Otto Kellers ausführliche und interessante Studie, die sich schwerpunktmäßig mit der Struktur der Motivik beschäftigt, kommt folgerichtig zu diesem Ergebnis. Mit dem Begriff "Gestus" gelingt es ihm auch, die Nähe zwischen B. Brecht und A. Döblin in ihren poetologischen Reflexionen aufzuweisen.

Allerdings unterschlägt O. Keller die allegorisierende Erzählweise Döblins und damit auch den Zusammenhang von dem didaktischen Gestus des Erzählers mit der Allegorisierungs-technik. Im Rückgriff auf W. Benjamins aphoristische Bemerkung im Zentralpark-Fragment "die Allegorie ist die Armatur der Moderne" (W. Benjamin: Charles Baudelaire. Fr. a. M. 1974 stw S. 177) läßt sich auch an anderen Autoren der Gegenwart die allegorisierende Erzählweise aufzeigen: z. B. G. Grass, Die Blechtrommel, M. Frisch, Homo Faber, H. Böll, Billard um halbzehn. Vgl. hierzu die Analyse von Gisbert Ter-Nedden: Allegorie und Geschichte. a. a. O.

VI. Wolfgang Koeppen: Tauben im Gras

1. Karl Korn: Ein Roman, der Epoche macht. (zeitgenössische Rezension) In: Über Wolfgang Koeppen. hrsg. v. U. Greiner Frankfurt a. M. 1976 S. 27
2. Helmut Heißenbüttel: Wolfgang Koeppen-Kommentar. In: Über Wolfgang Koeppen. a. a. O. S. 155
3. Marcel Reich-Ranicki: Der Zeuge Koeppen. In: Über Wolfgang Koeppen. a. a. O. S. 141
4. Peter Bürger: Theorie der Avantgarde. Frankfurt a. M. 1974 S. 97
5. vgl. die detaillierten Ausführungen über diese "Klebestellen" bei: Georg Bungter: Über Wolfgang Koeppens "Tauben im Gras". In: Über W. Koeppen. a. a. O. S. 186-197
6. Georg Bungter a. a. O. S. 191
7. Ernst Peter Wieckenberg: Der Erzähler Wolfgang Koeppen. In: Geschichte der deutschen Literatur aus Methoden. Westdeutsche Literatur

von 1945 - 1971 Bd. 1 Hrsg. v. Heinz Ludwig Arnold, Frankfurt a. M. 1972 S. 199

8. vgl. Horst Bienek: Werkstattgespräch. In: Über W. Koeppen. a. a. O. S. 250

9. Das metaphorische Verfahren Koeppens deutet Klaus Haberkamm als irrational mythisch und konstatiert bei Koeppen ein mythisches Geschichts- und Gesellschaftsbild. Er kommt daher zu dem Schluß, daß Koeppen kein politischer Autor ist. Klaus Haberkamm: Wolfgang Koeppen. "Bienenstock des Teufels" - Zum naturhaft mythischen Geschichts- und Gesellschaftsbild in den Nachkriegsromanen. In: Zeitkritische Romane des 20. Jh., hrsg. v. Hans Wagener Stuttgart 1975 S. 241-275
Dem widerspricht die Wertung, daß die metaphorische Verfremdung einen rational-kritischen Effekt hat. vgl. R. Hinton Thomas/Wilfried van der Will: Wolfgang Koeppen.
In: Der deutsche Roman und die Wohlstandgesellschaft. Stuttgart, Berlin, Köln, Mainz 1969, S. 38-56

VII. Zusammenfassung: Struktur des modernen Romans

1. vgl. Mario Andreotti: Die Struktur der modernen Literatur. Bern, Stuttgart² 1990
Anhand von vielen Textbeispielen werden traditionelle und moderne Strukturen aus den Texten herausgearbeitet.

VIII. Didaktisch-methodischer Teil

1. Einen Satz zu Kafkas Tagebüchern aufnehmend, hat Hans Mayer seinen Ausführungen über Franz Kafka die Überschrift "Kafka oder zum letzten Mal Psychologie" gegeben. Hans Mayer: Deutsche Literatur seit Thomas Mann. Hamburg 1968 (rororo) S. 18 ff

2. Für die Anregung, mit der Matrix zu arbeiten, sei Herrn StD Sieber (Seminarlehrer für Deutsch am Albrecht-Altdorfer Gymnasium in Regensburg) gedankt. Diese Idee entstammt einer Tagung in der Akademie für Lehrerfortbildung in Dillingen.

3. Interessante Details - u. a. Einflüsse verschiedener literarischer Strömungen auf den Roman Döblins - finden sich bei: Helmut Schwimmer: Alfred Döblin. "Berlin Alexanderplatz" München 1975 (Oldenbourg-Verlag)

4. Karl Korn: Ein Roman, der Epoche macht. In: Über Wolfgang Koeppen. hrsg. v. U. Greiner. Frankfurt a. M. 1976 S. 26 f

5. vgl. Heinz Dörfler: Moderne Romane im Unterricht. Frankfurt 1988 S. 50 ff

    Dort werden die zwei Möglichkeiten vorgestellt und ein Seitenzahlindex für die wichtigsten Personen mitgeliefert.

6. Dieter Wellershoff: Literatur und Lustprinzip. Essays. München 1975 (dtv) S. 8

Literaturverzeichnis

1. Primärliteratur

Alfred Döblin: Berlin Alexanderplatz. Die Geschichte von Franz Biberkopf. München 1965 (dtv 295)

Wolfgang Koeppen: Tauben im Gras. Frankfurt a. M. 1977 (Bibliothek Suhrkamp 393) oder: Suhrkamp Taschenbuch 601 (seitengleich!!). Alle im Text vermerkten Seitenangaben beziehen sich auf dies beiden Ausgaben.

2. Sekundärliteratur

Theodor W. Adorno: Ästhetische Theorie. Gesammelte Schriften Band 7 Frankfurt a. M 1970

ders.: Balzac Lektüre: In: Th. W. Adorno: Noten zur Literatur II Fr. a. M. 1973 (SV) S. 19-41

ders.: Rückblickend auf den Surrealismus. In: Th. W. Adorno: Noten zur Literatur I Fr. a. M. 1975 S. 155-162

ders.: Standort des Erzählers im zeitgenössischen Roman. In: Th. W. Adorno: Noten zur Literatur I Fr. a. M. 1975 S. 61-72

Günther Anders: Der verwüstete Mensch. Über Welt- und Sprachlosigkeit in Döblins "Berlin Alexanderplatz". In: Festschrift Georg Lukács, hrsg. v. Frank Benseler. Neuwied u. Berlin 1965 S. 420-442

Mario Andreotti: Die Struktur der modernen Literatur. Bern, Stuttgart[2] 1990

Erich Auerbach: Mimesis. Dargestellte Wirklichkeit in der abendländischen Literatur. Berlin, München[3]1964

Reinhard Baumgart: Aussichten des Romans oder Hat Literatur Zukunft? Frankfurter Vorlesungen, München 1970 (dtv)

Hans-Peter Bayerdörfer: Der Wissende und die Gewalt. In: Materialien zu Alfred Döblin "Berlin Alexanderplatz", hrsg. v. Matthias Prangel. Fr. a. M. 1975 S. 150-185

Helmut Becker: Untersuchungen zum epischen Werk Alfred Döblins am Beispiel seines Romans "Berlin Alexanderplatz" Marburg 1962 (Diss.)

Walter Benjamin: Charles Baudelaire. Ein Lyriker im Zeitalter des Hochkapitalismus. Fr. a. M. 1974 (stw) ders.: Der Erzähler. Betrachtungen zum Werk Nikolai Less-kows. In: W. Benjamin: Illuminationen. Fr. a. M. 1961 S. 409-436

ders.: Krisis des Romans. Zu Döblins "Berlin Alexanderplatz". In: Materialien zu A. Döblin "B. A. ", hrsg. v. M. Prangel. Fr. a. M. 1975 S. 108-114

ders.: Ursprung des deutschen Trauerspiels. Fr. a. M. 1972

Peter Bürger: Theorie der Avantgarde. Fr. a. M. 1974

Alfred Döblin: Aufsätze zur Literatur, hrsg. v. W. Muschg. Olten u. Freiburg i. Breisgau 1963

Heinz Dörfler: Moderne Romane im Unterricht. Frankfurt 1988

Ulrich Greiner (Hrsg.): Über Wolfgang Koeppen. Fr. a. M. 1976 dort: Aufsätze über W. Koeppen von Bienek, Bungter, Heißenbüttel, Korn, Reich-Ranicki

Wolfgang Grothe: Die Theorie des Erzählens bei Alfred Döblin. In: Text + Kritik Alfred Döblin. Heft 13/14, hrsg. v. L. Arnold. München² 1972

Klaus Haberkamm: Wolfgang Koeppen. "Bienenstock des Teufels" - Zum naturhaft mythischen Geschichts- und Gesellschaftsbild in den Nach-kriegsromanen. In: Zeitkritische Romane des 20. Jh., hrsg. v. Hans Wagener. Stuttgart 1975 S. 241-275

Arnold Hauser: Sozialgeschichte der Kunst und Literatur. München 1953

G. W. Friedrich Hegel: Vorlesungen über die Ästhetik. Bd. I/III. In: Hegel: Werke Bd. 13 u. Bd. 15, hrsg. v. Eva Moldenhauer u. Karl Markus Michel. Frankfurt a. M. 1970

Bruno Hillebrand: Deutsche Romanpoetologie nach 1945. In: Zur Struktur des Romans, hrsg. v. B. Hillebrand. Darmstadt 1978

Erich Hülse: Alfred Döblin. Berlin Alexanderplatz. In: Möglichkeiten des modernen deutschen Romans, hrsg. v. Rolf Geißler. Fr. a. M., Berlin, Bonn 1962 S. 45-101

Erich Kahler: Untergang und Übergang der epischen Kunstform. In: Die neue Rundschau (64) 1953 S. 1-44

Ekkehard Kaemmerling: Die filmische Schreibweise. In: Materialien zu Alfred Döblin "B. A.", hrsg. v. M. Prangel. Frankfurt a. M. 1975 S. 185-198

Otto Keller: Döblins Montageroman als Epos der Moderne. München 1980

Volker Klotz: Agon Stadt. Alfred Döblins "Berlin Alexanderplatz". In: V. Klotz: Die erzählte Stadt. München 1969 S. 372-418

Wolfgang Kort: Alfred Döblin. Das Bild des Menschen in seinen Romanen. Bonn 1970

Rafael Koskimies: Theorie des Romans. Helsinki 1935

Siegfried Kracauer: Die Biographie als neubürgerliche Kunstform. In: S. Kracauer: Das Ornament der Masse. Frankfurt a. M. 1977

Leo Kreutzer: Alfred Döblin. Sein Werk bis 1933. Stuttgart 1970

Eberhard Lämmert: Bauformen des Erzählens. Stuttgart[2] 1967

Clemens Lugowski: Die Form der Individualität im Roman. Fr. a. M. 1976

Georg Lukács: Die Theorie des Romans. Neuwied, Berlin 1971 (SL)

Fritz Martini: Alfred Döblins "Berlin Alexanderplatz". In: F. Martini: Das Wagnis der Sprache. Stuttgart 1954 S. 336-372

Hans Mayer: Deutsche Literatur seit Thomas Mann. Hamburg 1968 (rororo)

Robert Musil: Der Mann ohne Eigenschaften. Roman. Hamburg 1952

Ernst Nef: Die Zufälle der Geschichte von Franz Biberkopf. In: Wirkendes Wort (18) 1968 S. 249-258

Helmut Pfotenhauer: Ästhetische Erfahrung und gesellschaftliches System. Untersuchungen zum Spätwerk W. Benjamins. Stuttgart 1975

Gunter Reiss: Allegorisierung und moderne Erzählkunst. Eine Studie zum Werk Thomas Manns. München 1970

Karl Riha: Die Beschreibung der "Großen Stadt". Zur Entstehung des Großstadtmotivs in der deutschen Literatur. Bad Homburg, Berlin, Zürich 1970

Alain Robbe-Grillet: Für einen Realismus des Hierseins. In: Akzente (3) 1956 S. 316-318

Albrecht Schöne: Alfred Döblin. "Berlin Alexanderplatz". In: Der deutsche Roman, hrsg. v. Benno v. Wiese. Bd. 2 Düsseldorf 1963 S. 291-325

Jürgen Schramke: Zur Theorie des modernen Romans. München 1974

Helmut Schwimmer: Alfred Döblin. "Berlin Alexanderplatz". München[2] 1975

Franz Stanzel: Typische Formen des Romans. Göttingen 1964

Gisbert Ter-Nedden: Allegorie und Geschichte. In: Positionen des Erzählens, hrsg. v. H. L. Arnold u. Theo Buck. München 1976 S. 86-115

R. Hinton Thomas/ W. van der Will: Wolfgang Koeppen. In: Der deutsche Roman und die Wohlstandsgesellschaft. Stuttgart, Berlin, Köln, Mainz 1969 S. 38-56

Silvio Vietta: Großstadtwahrnehmung und ihre literarische Darstellung. Expressionistischer Reihungsstil und Collage. In: DVjS (48) 1974 S. 354-373

ders.: Lyrik des Expressionismus. (Hrsg.) Tübingen 1976. dort: die Aufsätze von Kurt Pinthus und Georg Simmel

Wilhelm Voßkamp: Romantheoretische Aspekte im 18. Jahrhundert. In: Neues Handbuch der Literaturwissenschaft. Europäische Aufklärung I, hrsg. v. W. Hinck. Frankfurt a. M. 1974

Dieter Wellershoff: Literatur und Lustprinzip. Essays. München 1975

Ernst Peter Wieckenberg: Der Erzähler Wolfgang Koeppen. In: Geschichte der deutschen Literatur aus Methoden. Westdeutsche Literatur von 1945-1971 Bd. 1; hrsg. v. H. L. Arnold Frankfurt a. M. 1972

Empfehlenswerte Literatur zum Autor Alfred Döblin

1. Schröter Klaus: Döblin. Rowohlt Monographie. Reinbek bei Hamburg 1993

2. Mayer Dieter (Hrsg.): Alfred Döblin. Stationen seines Lebens und Denkens. Stuttgart 1985 (Klett)

   Eine interessante Textsammlung, die den Arzt, Schriftsteller und politischen Zeitgenossen A. Döblin zu Wort kommen läßt.

Empfehlenswerte Literatur zum Autor Wolfgang Koeppen

1. Hielscher Martin: Wolfgang Koeppen. München 1988 (Beck'sche Reihe Autorenbücher)
   Bisher einzige Koeppen-Monographie, die Leben und Werk als Einheit bespricht und deutet.

2. Oehlenschläger Eckart (Hrsg.): Wolfgang Koeppen. Frankfurt 1987 (suhrkamp taschenbuch materialien)
   Aufsatzsammlung zu interessanten Aspekten im Romanwerk Koeppens. Ausführliche Bibliographie zu W. Koeppen.